絲柏客詩詞集

蕭雄淋 著

目錄

作者的境界與讀者的境界

——從王國維的成功三階段談起（代序）

昨夜西風獨上樓，靜安慧眼信推求。
詞家憔悴衣寬意，應喜尋它妙和酬。

我上過詩詞評論家葉嘉瑩教授的課，在上課中她提到韋莊的〈思帝鄉〉一詞：「春日遊，杏花吹滿頭。陌上誰家年少，足風流。妾擬將身嫁與，一生休。縱被無情棄，不能羞。」

她說，這首詞有一種孔子在《論語》所說的「擇其善者而從之」和屈原《離騷》的「余心之所善兮，雖九死其猶未悔」的堅持和擇善固執意味。

這句話一說出來，台下馬上就有人不以為然，說韋莊當時年輕寫這首詞，真的有想到《論語》和《離騷》？還是後人想得比作者更遠？

葉教授笑一笑說，在外國的文學評論家常談到文學的potential effect。她舉王國維的《人間詞話》第二十六則所載的評論為例。王國維說：「古今之成大事業、大學問者，必經過三種之境界：『昨夜西風凋碧樹。獨上高樓，望盡天涯路。』此第一境也。『衣帶漸寬終不悔，為伊消得人憔悴。』此第二境也。『眾裡尋他千百度。驀然回首，那人卻在，燈火闌珊處。』此第三境也。此等語皆非大詞人不能道。然遽以此意解釋諸詞，恐為晏歐諸公所不許也。」

依照王國維的意思，古今之成大事業、大學問者，必經過三種之境界：

一、在堅苦、困難的環境中，獨排眾議，有與眾不同的理想和堅持，這是「昨夜西風凋碧樹。獨上高樓，望盡天涯路。」

二、為著這個理想持續努力追求，不放棄，不退縮，為它衣帶漸寬，為它消瘦而不悔。這是「衣帶漸寬終不悔，為伊消得人憔悴。」

三、在堅持努力追求的過程中，歷盡風霜，終於成功隱然出現，有著一種豁然的喜悅。這是「眾裡尋他千百度。驀然回首，那人卻在，燈火闌珊處。」

王國維說古今大人物必經的三種境界，其中所提到的詞，原文是這樣的：

一、晏殊〈蝶戀花〉：檻菊愁煙蘭泣露。羅幕輕寒，燕子雙飛去。明月不諳離恨苦，斜光到曉穿朱戶。　昨夜西風凋碧樹。獨上高樓，望盡天涯路。欲寄彩箋兼尺素，山長水闊知何處。

二、柳永〈鳳棲梧〉：佇倚危樓風細細，望極春愁，黯黯生天際。草色煙光殘照裡，無言誰會憑欄意。　擬把疏狂圖一醉，對酒當歌，強樂無味。衣帶漸寬終不悔，為伊消得人憔悴。

三、辛棄疾〈青玉案．元夕〉：東風夜放花千樹。更吹落、星如雨。寶馬雕車香滿路。鳳簫聲動，玉壺光轉，一夜魚龍舞。　蛾兒雪柳黃金縷。笑語盈盈暗香去。眾裡尋他千百度。驀然回首，那人卻在，燈火闌珊處。

這些詞看起來都是傷春怨別，談情尋愛，這三首詞的作者，恐怕都不會把他們的詞與大人物的成功階段相比擬，然而王國維的 potential effect，就可以講出它的奧妙來。

古今詩人、詞家，大都不太願意自己解釋自己的詩詞。因為作者對自己的作品一解釋，往往是一種限制。詩詞的餘韻不盡，含蓄未吐，才是詩詞令人嚮往心儀、回味咀嚼妙處之所在。

每次我在對大學法律系學生上課，第一堂課，都會提到王國維所說的古今之成大事業、大學問者，必經過的三種境界。我鼓勵學生，讀書不要一定去尋求作者的原意。對一部作品而言，它就像法律一樣，法律經由立法者訂出來，就已經脫離立法者的掌控，而成為一種客觀的社會規則，這規則的解釋，不一定要按照立法者的意思，而更應按照最多數人的最大利益，以及社會最客觀的需要去解釋。同樣的，一部作品出現，它也脫離了作者的掌握，讀者可以為了自己的需要加值利用，只要它不侵害智慧財產權。

一部作品，對一個學者而言，他可能會去追求作品的作者的原意，然而聰明的讀者才知道哪些是適合自己的，哪些是不適合自己的。每一個讀者都各取所需，懂得利用作品，從作品中得到啟示或印證。

作者的作品，是第一次的創作，讀者的品味和更進一步的理解，是原作品的再創作，是原作品的衍生著作。讀者對作品的進一步體會和解釋，是對作品的加值。

不要認為你對原書的見解和理解，絕不會超過作者。我的讀者讀我的書或文章，有時會告訴我他們特別喜歡的文章或字句，而且把他們喜歡的理由和理解講出來，這些理由和對書的理解，往往超過我當時的想法，甚至比我的想法更深入。

無論思想家、哲學家、詩人、文學家、藝術家，當他們把話說出來的時候，這些思想（指 idea 部分，不是 expression 部分）已經成為「公共財」，這些公共財成為人類共同的資產，只待人類去開採、提煉、選用。它是不是真理並不是絕對的，它只適合某些人，不一定適合所有人。對適合的人是真理，對不適合的人不是真理。

古代的經典，有無數的讀者，也有無數的知識精英去研究它、註解它。這些研究和註解，往往已經超過原經典的意思，形成一種新的衍生創作，這就是經典著作的生命所在。佛教的般若心經和老子的註解，可能都已上千部，這些註解千奇百怪，可能作者再生，都會如同王國維所說的：「然遽以此意解釋諸詞，恐為晏歐諸公所不許也。」然而王國維的「讀者的境界」，在某一方面來說，的確超過「作者的境界」。

我們在閱讀佛經、聖經，乃至《老子》、《論語》等人類的經典，如果以現代的觀點，以更高的境界來閱讀，那麼像王國維的這種超過「作者境界」的高度「讀者境界」，把男歡女愛的詞，昇華到成功的大人物的人生境界，就會不斷出現。我們的文化傳承，就需要不斷有像王國維這種高度「讀者境界」的好的讀者，也許這樣的讀者，才是作者的真正知音，因為他可以與作者切磋觀點，如同詩人的互相唱和一樣。

目前在法律的解釋上，尋求當時的立法原意的主觀說，已經不是唯一，甚至是非主流的法律的解釋方法。讀書的目的在於「用書」，我們這個百家爭鳴的時代，要對傳統經典加值，實在需要有更多的「王國維」。

本書是作者至今為止的詩詞全集。分「人間清歡」、「天地悠悠」、「紅塵過客」三卷共十一篇八百六十餘首，以便於讀者翻閱。其中讀書感想部分，因為所讀多為經史，為便於理解，乃有註明所讀出處內容，其餘類多未註解，期待讀者有更多超越「作者境界」的「讀者境界」。

我於二〇〇一年後數年間，曾因病歷劫生死，客居加拿大溫哥華 CYPRESS 街。CYPRESS 是一種絲柏樹，因此以絲柏客為筆名，故本書名為「絲柏客詩詞集」。本書詩詞大多皆生命力作，有感而發，是士大夫之詩詞，而非伶工之詩詞，希望讀者喜歡。又本書詩詞，有些是所寫文章之配詩，所以標題長些，不用特別在意，詩詞以內容為主，而非標題。

誠如本書「宗教禪詩」篇中一首七言絕句詩：「不問今生喜與憂，到頭終是北邙坵。

老僧畢歲岩前坐，唯意人間舍利留。」舍利子是僧侶修行一生的生命精華，讀書人留下的作品，就是讀書人一生的「舍利」。我出版本書，比我所寫三十餘本著作權法著作還要喜悅。我一生受惠於社會甚多，亦應將精華作品留給社會。本書將採用ＣＣ授權機制，只要非營利、禁止改作，並註明著作人姓名（包含蕭雄淋或絲柏客），任何人均可自由利用。

感謝老友王榮文兄樂意出版本書，也感謝遠流出版公司副總編輯曾淑正費心編輯。本書相信會有數十首詩詞足以傳世，期待讀者細細品味。

蕭雄淋　於北辰著作權事務所

卷一 人間清歡

賀年
生活記事
溫城歲月
出題唱和
送親友

賀年

對聯

舉手攀南斗，萬古長空，何人曾上九重？
迴身倚北辰，一朝風月，我將笑吟秋風。

——一九九七・一二

賀年

七言律詩

歲暮陰陽催短景，烽煙擂鼓霽今宵。五更噪浪聲猶壯，四面人牆影動搖。
驀見沖天花火散，偏逢濁世恁心操。明朝生活猶須計，人事音書漫寂寥。

——一九九八・一二

浪淘沙

宋詞

寒夜萬籟聲，飄盪心萍。日申冤訟夜披經，猶論千年陳舊事，痴笑辰星！
無意世間名，只為留情。醉揮仙杖百神迎，但學老君留數語，吟與風聽。

——一九九九．一二

浪淘沙

宋詞

去夕雨初收，今又寒流，細風吹亂小篷舟。遙望遠山一線曙，不為時憂。
回首舊瀛洲，鹿鶴仙游，青山翠樹景華幽。那計陶朱何處去，一樣詩酬。

——二〇〇〇．一二

浪淘沙

宋詞

北國雪留痕，夢歛佳辰，月幽花老帶輕顰。憑語朋邀難為雁，空友泉林。
把酒祝春神，新共金樽，長年巡遍百花村。借問東風何事快，樂意情深。

——二〇〇一．一二

註

此詞將「北辰老朋友，祝新年快樂」諸字放入。

浪淘沙

宋詞

風冷暮增寒，霜點輕帆，深江燈火雨行船。客夢當年攜手處，日已三竿。
世事幻無端，醉分仙凡，倚天松柏笑菊蘭。冬雪漫湮天地色，猶見梅含。

——二〇〇二．一二

賀年

七言古詩

暮雪紛紛望曉天，松梅隱隱傲霜前。籠沙冷月寒顏色，北斗星環夜拱懸。
冰落冬宵春不遠，五更催曙豈愁眠。帆舟共濟惜緣遇，歲末音書拜早年。

——二〇〇三・一二

賀年

七言律詩

浮沉幻化莫因緣，深淺馳驅久自全。霧湧千重籠大地，星環北斗掛雲天。
心耕故里頻煩意，化育人間百載前。歲末冬宵寒欲盡，飛詩老友賀新年。

——二〇〇四・一二

念奴嬌

宋詞

滄江逝水，又匆匆流去，幾許波瀾。綠地藍天曾鬥豔，只留春夢妝殘。指點江山，飛揚千古，薪火獨君傳。孤燈寒雨，醉吟無覺衣寬。　猶憶河漢星環，纖雲掩月，馳夜忞征鞍。北斗清輝江滿落，浩歌聲動樓船。向處窮川，迴峰春水，一笑故依然。值逢佳節，寄君樽酒傾歡。

——二〇〇五・一二

西江月

宋詞

隱隱日前魚雁，匆匆又是新年。藍天綠地喜爭妍，紫陌紅雲一片。
名利爐香絮線，千秋玉宇青天。高山絃斷醉陶然，料得鍾期遙岸。

——二〇〇六・一二

西江月

宋詞

夜半孤光誰共？一年彈指聲中。遙聞東門鼓三通，紫陌藍綠爭寵。
未覺寒來露重，只因不悔情鍾。乾坤灑種任花紅，時有清香暗送。

——二〇〇七．一二

西江月

宋詞

蘊蓄新春爭秀，悄然歲末寒流。東來海嘯泛輕舟，最記長年攜手。
閱盡霜嚴風驟，未減梅傲雲悠。人生幾度百無愁？莫忘燕來沽酒。

——二〇〇八．一二

雪花飛

宋詞

聞訊合歡見雪，貂裘臘月防冬。庭樹盤根錯綜，無懼寒風。　談笑風雲幻，人間願未窮。杯酒飛詩賀歲，歲見花紅。

——二〇〇九・一二

鵲橋仙

宋詞

五都浪鼓，單雲罩霧，又是一番棋賭。若非邦國正浮沉，自應向、南山老圃。　朱門逐富，蒸民疾苦，紫陌百花飛舞。今聞上國使翩臨，鐵騎內、杯歡吞吐。

——二〇一〇・一二

應天長

宋詞

流年歲歲頻偷換，白髮凝思書案亂。何須怨、有君伴，醉見往來能染翰。
從來風雨慣，淘盡幾多遊宦。來日渡頭雲散，一輪明月燦。

——二〇一一．一二

朝中措

宋詞

匆匆歲月漏何頻，轉眼又新辰。山上偶寒細雨，梅花點點繽紛。　關心近日，別來安否，可有酸辛？寵辱人生屢見，寄情方是幽人。

——二〇一二．一二

朝中措

宋詞

世間猶有幾多真？食事不復春。違舍青山滿目，污河不見官瞋。

偶逢舊友，金樽小酌，倍惜芳辰。最憶諸君攜手，紅塵竟有痴人。

——二〇一三・一二

點絳唇

宋詞

一夜西風，引無數蝶花飛舞。故園荒圃，明後邀新主。

伏案臨窗，目盡思今古。情須吐，莫吞愁苦，把盞人三五。

——二〇一四・一二

菩薩蠻

宋詞

草山歲末仍爭翠，稻江未斷悠悠水。兩岸夾波濤，閒雲聽海潮。　馳驅鳴戰鼓，凱道爭賓主。名利太匆匆，詩書千載功。

——二〇一五・一二

點絳唇

宋詞

細語絲聲，漫驚無數庭前鳥。衷曲初表，卻怕無情惱。　昔時初春，今日嫌春悄。風雲繞，莫教心老，贏取春光早。

——二〇一六・一二

長相思

宋詞

日日忙，夜夜忙，日夜閒忙未共觴，瞬間鬢已霜。

菊花香，李花香，菊李花香傷歲黃，醉留萬卷堂。

——二〇一七．一二

點絳唇

宋詞

浪捲寒流，綠萍波去藍天映。幻星如影，瞬息流千頃。　春去秋來，曾記當年景。天微冷，酒酣初醒，志欲諸天靖。

——二〇一八．一二

西江月

宋詞

點點京城細雨，悠悠天上殘星。當年立馬薄公卿，今日風雲未定。
身老心閒方壯，月圓朋聚須觥。人生幾度俟河清？酒醒依然舊景。

——二〇一九・一二

南歌子 詠伊人

宋詞

談笑間頻顧，低頭裏暗思，只道郎相知——急、羞、慌、氣、跺，恨情痴！

——一九七四・四・二五

少年遊 憶故人

宋詞

梢頭冷月映寒梅，驚艷飛上詩。一樣霜香，杳然無訊，爭奈故人遲？
遍吟佳麗漫徘徊，空閱盡天涯。更上層樓，驀然回首，長卷伴燈垂。

——一九七八・一二・一九

長命女　台糖公司參加升等考試同仁讀書盛況（一）

宋詞

天甫曉，重作諸生聽輔教，勤奮如年少。晝理公文發校，夜侍全家大小，更伴孤燈長卷照，戶外人聲悄。

——一九八四．六

同調　台糖公司參加升等考試同仁讀書盛況（二）：龍鳳茶樓謝師宴

宋詞

席正興，綠酒難辭殷勸請，杯罄行三敬：一敬金榜得幸；二敬職司適性；三敬台糖昇好景，歲歲長歡慶。

——一九八四．六

同調 台糖公司參加升等考試同仁讀書盛況（三）：初聞放榜

宋詞

初放榜，八九逐歡一快悵，形似情雙樣。喜極相扶而泣，今且初償夙想。名落孫山毋氣喪，勝負非一仗。

——一九八四．六

浪淘沙 千禧年祈願

宋詞

跨躍兩千年，今遇奇緣，狂歌聲震九重天。星雨流花飄夜幕，萬里祥煙。六十億人間，攜擁流連，新元氣象入詩篇。祈願蒼天伸纖手，撥月長圓。

——二〇〇〇．三．三一

浪淘沙 與強道會醉在逸村

宋詞

惟有醉時真，且共佳辰，饌饈美酒滿席珍。至友聚歡難掩態，杯忘紅塵。
何處可尋春？逸村無倫。古泉蒸浴醉氤氳，揮汗推窗迎殘月，弦樂飄聞。

——二〇〇〇・九・七

浪淘沙 在維多利亞看臘像館

宋詞

窗外野鷗群，戲伴孤雲，維京仙境更知春。風送渡輪天地遠，遊子迷津。
臘像酷斯人，風範猶存，哲人志士爭羅陳。卻問道傍思索者，為誰傷神？

——二〇〇一・二

滿江紅 憶急水溪

宋詞

萬里無雲，垂際處、平沙千丈。河清淺、悠悠流水，曲彎西向。白鷺翔空浮影漾，黃煙送夕郊原曠。正蔗園、童稚笑迷藏，叢搖浪。兒時岸，徒懷想。昔年月，仍相望。嘆山川顏破，不聞蛙唱。忽覺秋蟬嘶咽響，夢驚風葉餘音盪。問春神、憐取福摩沙，何時訪？

——二〇〇四．一．二〇

長命女 與好友宴酌

宋詞

席正興，綠酒難辭殷勸請，杯罄行三敬：一敬無憂無病；二敬浮生適性；三敬台灣昇好景，歲歲長歡慶。

——二〇〇四．一．二一

早上開電腦 e-mail

五言絕句

晨起清餐畢，開機點信箱。喜聞音信滿，諸友自平安。

——二〇〇四・一・三〇

詩會

七言絕句

黃髮短裙無限春，相逢不識賦中人。年華豆蔻堪歌詠，何事輕煙酒入塵？

——二〇〇四・三・四

北投

七言絕句

黃昏淡水映紅霞，欲上北投尋酒家。運將邊談陳舊事，春城無處不飛花。

——二〇〇四・三・五

大選前夕

七言絕句

霜風露冷欲三更，野路無人車倒橫。寒夜客來茶當酒，鼎沸紅爐訴不平。

——二〇〇四・三・一〇

河殤

七言絕句

海上瀛洲碧靄煙，百年劫掠語蒼天。東風何日招春雨，洗盡鉛華綠滿川。

——二〇〇四・三・一一

長髮美人

七言絕句

庭前茵綠柳低垂，一陣春風擺浪吹。遙憶當年流瀑雨，芳醇微醉問情痴。

——二〇〇四・三・三〇

春雷

七言絕句

忽聞大地響春雷，呼取鄰翁笑盡杯。遙望烏雲東漸去，山川新綠醉徘徊。

——二〇〇四・三・三一

遊新營天鵝湖

七言絕句

天翔白鷺拂雲和，湖映垂楊暗綠波。九曲空亭憑訴寄，笠人獨岸釣青荷。

——二〇〇四・四・五

在新營急水溪河堤散步

七言絕句

白鷺悠悠翔陌阡，兩三村舍孄祥煙。幽人漫步河堤岸，橋下禾農不計年。

——二〇〇四・四・五

遊烏來馬岸泰雅福山部落

七言絕句

隱隱溪聲部落東，大羅蘭步宿霧中。白鱘何事烏來落，未若苦魚今古同。

——二〇〇四．四．一〇

在烏來洗溫泉觀瀑

七言絕句

百丈瀑飛如串珍，清泉浴罷自仙人。前溪雨後聲濤急，欲洗紅塵寵辱身。

——二〇〇四．四．一〇

假日尋幽

七言絕句

林間茅舍望秋江，輕扣門扉未答腔。似火紅花飄逝水，如煙淡月度西窗。

——二〇〇四．四．二四

農場客寓

七言絕句

蓬舍茅籬燕貯凝，孤煙夕照晚風輕。青衿獨倚西窗暮，大化無心萬籟鳴。

——二〇〇四．四．三〇

淡水河畔看夕陽

七言絕句

三峽大溪千肆圜，大埕艋舺萬舟歸。淘淘溪水空吞咽，日落觀音映夕暉。

——二〇〇四．五．四

二〇〇四年母親節

七言絕句

市井繁榮笑語頻，添衣覓物為堂親。徘徊舊宅空惆悵，手握紅花送古人。

——二〇〇四．五．五

至八里參觀十三行博物館

七言絕句

三百孤村此陸沉，千年事蹟試詳斟。萬家燈火春江映，舟渡憑欄思古深。

——二〇〇四・五・七

無題

七言絕句

綠島天邊有暮雲，黃花崗後又逢君。粱山故舊多豪傑，喚早淒聲不忍聞。

——二〇〇四・五・八

和老魚兒 山居

七言絕句

朝日向逢庭樹梢，平明啾鳥早離巢。山村日落鳴天籟，圓月當空覆草茅。

——二〇〇四・五・一三

參觀板橋林家花園

七言絕句

亭閣清池留盛名，書屋汲古最幽情。芙蓉方鑑騷人詠，牆外車喧推土聲。

——二〇〇四・五・一五

和「春江」一曲

七言絕句

翠柳桃花遍滿山，清溪流過碧沙灣。文明漫舞人間處，嘹亮江歌夢裏還。

——二〇〇四・六・一

假日尋幽

七言絕句

五日窮工二日空，長風送我到台東。清泉浴罷何幽宿？筆筒山莊綠映紅。

——二〇〇四・六・一三

長命女

宋詞

私苑宴，金盞遙杯何必勸，合什陳三願：一願諸君如意，二願我身長健，三願如同西塞雁，歲歲思相見。

——二〇〇四・六・二七

記七二水災

七言絕句

綠水悠悠日夜流，鋤農汗淚死方休。天生萬物原非異，祖靈風呼暴雨秋。

——二〇〇四・七・一一

山蝶

七言絕句

春滿芳郊綠滿山，深深蛺蝶戲江灣。繽紛花發須憐取，莫待落紅無蜜還。

——二〇〇四・八・八

寄台灣詩人

七言絕句

延平祠屋掩門扉，黃鶴樓前客忘歸。寶島山川多寂寞，恨因詞客未毫揮。

——二〇〇四・八・一四

觀佳人畫荷

七言律詩

長髮飄飛貌秀娟，婷凝畫架柳荷邊。空晴碧宇長浮翠，輕蹙黛眉難落圓。
日暮煙重身漸遠，湖寒露溼衣生憐。獻君一語聊權用，染愛圖中色最妍。

——二〇〇四．一二．一二

註

法國著名畫家馬克．夏卡爾（Marc Chagall）說：「在我們的生命中，能夠賦與生命和藝術意義的，只有一種顏色，就是愛的色彩。」

贈癌症患者（一）

七言律詩

為何是我問無端，業數因緣遇歲寒。天欲生涯回視省，身將今日起波瀾。
懷恩信性淺深醉，住愛修行來去寬。江月高情人冷暖，風霜未歷覺知難。

——二〇〇五．一．二七

贈癌症患者（二）

七言律詩

初悉癌症勿須慌，自在人生此入堂。不惑不憂兼不懼，宜哭宜笑亦宜狂。
均衡飲食居規律，積極醫療動有常。惜取諸緣惟達曠，雙修性命兩無妨。

——二〇〇五・二・五

游魚

七言絕句

臨池莊子羨神仙，遊化人間醉忘年。有翅莫嫌飛不起，浮江萬里到天邊。

——二〇〇五・四・一

陀螺

七言絕句

莫嫌頭大斗如環，向仰閒身穩似山。一旦開懷飛步走，聲嘶力盡不知還。

——二〇〇五・四・一

舊照

七言絕句

舊案區區紙一張，其中多少愛光芒。當年攜手小兄弟，今日天涯萬里長。

——二〇〇五・四・二

奇美博物館名曲的饗宴

七言絕句

無須明月伴孤斟，萬里弦音此處尋。師曠三千來入夢，諸天鈞樂感知心。

——二〇〇五・四・一六

電鍋頌

七言絕句

無須山野負柴薪，不用糟糠苦翌晨。熬煮燉蒸皆曉悟，裙衩從此盡佳人。

——二〇〇五．四．一八

桃源

七言絕句

往昔蓬萊今日喧，天涯何處覓桃源？清茶黃卷孤燈醉，疏竹涼風月滿軒。

——二〇〇五．四．二一

心扉

七言絕句

奈何久病歷風霜，恐是情陰已斷腸。仙露金丹焉妙藥，心扉開盡見朝陽。

——二〇〇五．四．二二

心閒

七言絕句

生命旅途水山長，從容方足賞春光。千花閱盡斜陽後，明月松間夜淡涼。

——二〇〇五・四・二二

傷春

七言絕句

爛漫花開誤吉辰，落紅滿徑卻傷春。秋風今夜迎明月，閱盡寒燈獨夜人。

——二〇〇五・六・五

武士道

七言絕句

昨日庭花爛漫紅，今朝櫻落憶春風。天涯明月千秋淚，萬古雲霄此悟中。

——二〇〇五・六・一四

晚眠

七言絕句

扁舟逐浪到天邊，未憶風流四載前。半生名利今朝醒，明月千花靜入眠。

——二〇〇五・六・一七

聽葉嘉瑩教授講課

七言絕句

史公風雨見遺篇，庾信賦詩蕭瑟年。今日閒窗吟舊句，斑斑血淚動心絃。

——二〇〇五・六・二〇

曉鐘

五言絕句

平湖翠柳煙，萬綠渡紅蓮。曉霧舟知靜，山鐘響碧巔。

——二〇〇五・六・二三

四季賦

七言絕句

春風拂柳碧絲飄，樹上黃鶯月下邀。芷陌鴛鴦迎蝶舞，笛聲隱隱渡楓橋。
夏雨新虹水淺清，蟬蛙鼓腹訴不平。田龍漸茂添新羽，欲御千山萬里行。
秋色西風葉落飛，躊躇疏桂夕殘暉。韶華去雁空傷逝，高處青雲掩半扉。
冬鳥倦寒林樹間，行人征路獨愁顏。雞鳴風雨酬松柏，霜蟄詩心暫得閒。

——二〇〇五・六・二六

相機

七言絕句

三寸方機照大千，沉吟心事隔雲煙。蒼茫寂寞冥濛日，一念欣然定百年。

——二〇〇五・六・二九

錦瑟

五言絕句

錦瑟伴醇醪，清風步月高。人生能幾許？吟醉暢揮毫。

——二〇〇五・六・二九

潑墨山水

七言絕句

潑灑江山造化天，墨凝縹緲舞翩翩。畫堂筆落千荷動，鳥碎芳庭月正圓。

——二〇〇五・七・一〇

古井

七言絕句

莫怨青春醉事多，分明綺夢費張羅。豈緣當日無心柳，古井懷情亦漾波。

——二〇〇五・七・一一

惜才

七言絕句

李杜當年最惜才，騷人今日各嫌猜。大江淘盡千篇賦，萬古遺情共月來。

——二〇〇五・七・一三

隱私

七言絕句

老病臥床情已傷，那堪憔悴對秋陽。世間冷暖何時遇？風雨虛窗十分涼。

——二〇〇五・七・一三

七夕有感

七言絕句

牛郎織女惜因緣，喜鵲填河渡夢牽。兩岸朝朝飛羽翼，鴛鴦多少伴長年？

——二〇〇五・八・七

螢

七言絕句

熠熠流光天謫星，景陽宮外化精靈。卻逢車胤惜光彩，不吝輕生鳴不停。

——二〇〇五・八・一三

聞友人詩被剽竊有感

七言絕句

一曲清詞燭淚光，沉吟麗句斷肝腸。可憐今日多情賦，空為他人作嫁裳。

——二〇〇五・八・一五

詩書琴畫

七言絕句

詩書棋畫有高才，儒雅風流羽扇來。武藝招招通十八，長嗟自問我難哉！

——二〇〇五・八・一六

拯救地球

七言絕句

夜雨濤洪散陌阡，昂頭無語問蒼天。可憐地氣今朝盡，誰與兒孫置上田？

——二〇〇五・八・二六

鷹

七言絕句

鵬翼孤飛萬里高，草枯眼疾見秋毫。凌空翔宇青天外，河漢雲霄一羽毛。

——二〇〇五・八・二六

護花

七言絕句

護花本意豈求知，綠竹東風葉滿池。即令清茶能醉客，亦須煮酒伴新詞。

——二〇〇五・八・二六

夏景

七言絕句

萬里無雲碧宇空，浮江無力映波紅。滿園桃李花開後，修竹涼陰任好風。

——二〇〇五．九．一

素戒

七言絕句

炎夏汀洲一老牛，鋤犁農畝歲悠悠。可憐無力承耕日，猶復玉盤閒宴饈。

——二〇〇五．九．一六

村婦

五言絕句

持家一片心，柴米費相尋。何時愁眉展？秋收自樂吟。

——二〇〇五．九．一六

氣功朋友

七言絕句

原來吳楚各雲天，相識當成已十年。一線天涯曾共難，嗟乎縹渺只遺篇。

——二〇〇五・九・二六

石門水庫旁大溪湖畔咖啡廳品茗

七言絕句

翠巒疊嶂暮生煙，夕照龍珠水接天。湖畔清茗人縹緲，浮生半日醉悠閒。

——二〇〇五・一〇・一

秋嘆

七言律詩

片葉隨波任去留，百泉萬籟夕臨幽。龍吟虎嘯歸朝露，月明風清入夢樓。
聚散無常添笛怨，浮沉有數憶簫愁。徘徊逝水焉無慨，昨夜蕭蕭陣雨秋。

——二〇〇五·一〇·二

茶香

七言絕句

消盡雲情滯帝鄉，馳驅竟日避書房。繁華市井無幽徑，詩案清茗一室香。

——二〇〇五·一〇·六

長相思　秋蟬

宋詞

歲無情，水無情，流水落花天際行，夜深月獨明。

望青冥，問青冥，昨夜秋蟬不住鳴，緣何訴不平？

——二〇〇五・一〇・二四

山園

七言絕句

朱門屏樹鎖深園，幽怨琵琶弄管絃。日日雲郊林月下，青山綠水我庭前。

——二〇〇五・一〇・二五

行善

七言絕句

天道無親秋夢長，史公閱盡世滄桑。世間多少不平事，苦恨由來道義藏。

——二〇〇五．一一．一八

無題

七言絕句

蕭瑟江河風雨秋，錦衣玉食鎖朱樓。春花寂寞無人問，便是無愁亦自愁。

——二〇〇五．一一．一九

遙憶

七言絕句

遙憶當年不怨尤，思君杯酒總成愁。濛濛前緒綿綿雨，幽夢三更二十秋。

——二〇〇五．一一．二一

無題

七言絕句

茫茫大海向何方？舵駛風帆意氣揚。身家大事憐君問，白首尋思獨草堂。

——二〇〇五．一一．二三

遊二格山

七言絕句

人生途路去無還，穩步迴旋攀上山。萬轉千巖多陡道，原須攜手造天關。

——二〇〇五．一一．二七

無題

七言絕句

霜風帆滿送江船，麗日迴空不覺寒。馬上相逢皆是客，征塵萬里喜天寬。

——二〇〇五．一二．二六

迎春曲

七言絕句

柏酒桃湯揚酌清，年年除夕坐天明。敝廬稀客無人請，新歲澄江月正迎。

——二〇〇六・一・一二

楊家老架太極拳師大武場學員謝師宴

七言律詩

拳舞雞鳴欲曙天，邯鄲學步鄧公前。周君細細頻傳教，太極悠悠未絕絃。二月琢磨方入手，終身蘊蓄費長研。區區薄宴聊銘謝，茶酒一杯思飲泉。

——二〇〇六・一・一三

遊三峽祖師廟

七言絕句

紫陌繁花豈夢周，古傳遊藝野諸求。半生歲月雕樑壁，清水廟前籤易求。

——二〇〇六・一・一七

教授的清白

七言絕句

氣宇翩翩動學宮，嗟君亦復入花叢。千真眼見難憑信，恨事原來子夜風。

——二〇〇六・二・二〇

藝之神

七言絕句

吟醉人間忘色身，廣陵一曲散紅塵。三千白髮憑君笑，詩酒沉淪只性真。

——二〇〇六・三・三

包二奶

七言絕句

兆尹閨房喜畫眉，季常杖落震門扉。千年修福一朝聚，夫婦原難論是非。

——二〇〇六・三・七

野花

七言絕句

白花黃蕊望蒼穹，去歲相思今歲同。蜂蝶年年知採蜜，旅人征路各西東。

——二〇〇六・三・一五

清晨天鵝湖觀景（一）

七言絕句

柳垂霧靜醉東湖，負手憑亭景不孤。逐水天鵝西向去，明朝憶否此朝吾？

——二〇〇六・四・二九

清晨天鵝湖觀景（二）

七言絕句

木徑環湖翠柳楊，孤亭直入水中央。蟋鳴鳥碎迴天籟，十里荷花十里香。

——二〇〇六・四・二九

遊新營通濟宮

七言絕句

二十六庄迴暮霞，倒風內海萬商家。慈心媽祖恬然坐，通濟宮前感物華。

——二〇〇六・五・一四

訪新營市立圖書館有感

七言絕句

太子崇高立九天，西園東壁寂人煙。義山何必長嗟嘆，廟缽金囊每萬錢。

——二〇〇六・五・二五

平衡

七言絕句

白鷺翔空萬里程，平滑兩翼勢均衡。性情閒淡天遼闊，風格孤高身葉輕。

——二〇〇六・五・二九

鄉巴佬

七言絕句

千家煉廠萬江烏，醉隱溪村酒半壺。一日忽逢囊篋盡，頻詢尚得獲漁無？

——二〇〇六・六・五

柳梢青 遊金耳湖

宋詞

雲天疏隔，異鄉飄泊，多情誰惜?昨夜夢迴，今朝且醉，明日涯客。

尋幽仙境宜時，趁金耳、含情脈脈。無限青山，無邊春水，不知何夕。

——二〇〇六・六・一三

寒梅

七言絕句

一朵寒梅仰訴天，冰飢玉骨斷崖前。與其幽谷埋香魄，寧欲千花共鬥妍。

——二〇〇六．六．三〇

Rocert Greet 省立公園海邊觀海

七言絕句

風帆白浪海連天，無際滄波意渺然。宇闊翔鷗休問志，平滑兩翼到雲巔。

——二〇〇六．七．三

在 Horse Shoe Bay 乘渡輪有感

七言絕句

嶼嶼相間西岸連，去還絡繹海雲邊。眾生盡渡何難有？滿客珍饈俱有緣。

——二〇〇六．七．三

在 Sechelt 鎮陽光海岸 Draftwood Inn 旁觀海

七言絕句

異鄉客路夢魂銷，天地輕帆宇闊遙。行雁歸飛人獨岸，斜陽立盡只聽潮。

——二〇〇六．七．四

參觀沈光文紀念碑有感

七言絕句

焚書返幣此高情，舟颶隨風斷雁聲。天意斯庵留教化，鄭經自是犯譏評。

——二〇〇六．一〇．九

風箏

七言絕句

翩翩花蝶入雲天，欲與飛鷹共鬥妍。彩翼飄飄難自主，迢迢纖手一線牽。

——二〇〇六．一〇．九

三貂角燈塔

七言絕句

孤舟萬里渡汪洋，此去蓬萊覓稼莊。濤浪風黑何處泊？極天一點現微茫。

——二〇〇六・一一・二三

遊傳藝中心

七言絕句

故宮歲遠莫之知，傳藝中心憶舊時。文廟台前歌仔戲，舉人宅物久尋思。

——二〇〇六・一一・二三

九曲洞的台灣山形

七言絕句

千仞山岩一線天，蟠龍九曲醉流連。抬頭仰望歌奇景，驀見台灣在眼前。

——二〇〇六・一一・二四

八仙洞靈巖寺

七言絕句

花東一路醉題詩，緣有觀音善護持。但得眾生心似海，人人菩薩駕龍姿。

——二〇〇六・一一・二八

布農部落

七言絕句

佳人艷色顧生姿，發願追隨白牧師。惠妹繁華何可羨？布農百歲憶君時。

——二〇〇六・一一・二九

布農族打耳祭

七言絕句

挽弓射日北風吹，割鹿英雄笑展眉。野火圍呼燃夜色，狂歌杯盡玉鉤垂。

——二〇〇六・一一・三〇

新北投逸邨飯店除夕感懷（一）

七言絕句

晨起櫻花發幾枝，遙知今夜除夕時。飄蓬老病羈京邑，旅館孤燈獨賦詩。

——二〇〇七・二・一七

新北投逸邨飯店除夕感懷（二）

七言絕句

烽火鑼鼓遠四鄰，家家宵聚享天倫。溫城誰復團圓飯？逸邨獨有不歸人。

——二〇〇七・二・一七

乘坐高鐵

七言絕句

祭祖南瀛問遠遊，凌波千里繫輕舟。何辭好景匆匆去，只恨故鄉無渡頭。

——二〇〇七・四・一

快樂的司機

七言絕句

朝朝暮暮不停鞭，家計民生各荷肩。喜樂憂愁情兩樣，天堂地獄只心田。

——二〇〇七・四・二二

北辰搬遷

七言絕句

十載匆匆似水流，北辰今起駐潮州。想君細細多餘事，莫忘閒忙上此樓。

——二〇〇七・四・二五

看「誰是英雄」電影

七言絕句

當年父喪亂雲旌，一劍橫天為刺嬴。六國從來無壯士，千年定計杜烽爭。

——二〇〇七・五・一六

春夜細雨

七言絕句

春水悠悠萬載流，夜深潮急似含愁。細披青史無須恨，雨點西窗灑白頭。

——二〇〇七・六・七

單身貴族

七言絕句

空擲青春不怨嗟，為情栽種滿庭花。單身貴族虛風氣，騾馬輕經碧玉家。

——二〇〇七・六・一一

懷憶

七言絕句

沉吟書劍雨中行，發願紅塵訴不平。廿載匆匆人世舊，幾何年壽俟河清。

——二〇〇七・七・一四

無題

七言絕句

一潭秋水淺深清，簾外重山隔帝城。莫測陰陽干底事，風聲雨聲讀書聲。

——二〇〇七・九・九

開學首日

七言絕句

昔年千里望龍門，冷暖空承故舊恩。廿載匆匆流水逝，迎風撒種任乾坤。

——二〇〇七・九・二二

中秋節快樂

七言絕句

常覺簾前月影清，一年今夜最分明。天涯親友如相問，獨守清輝到五更。

——二〇〇七・九・二五

長相思

宋詞

風無情，水無情，似雪飛花滿帝城，扁舟一葉輕。
夢浮生，笑浮生，宿命因緣醉裏行，白頭霜月明。

——二〇〇七・九・三〇

首居數位金鼎獎頒獎觀禮側記

七言絕句

虛擬網路信無疆，握管揮毫意氣揚。莫道知音無處覓，人間有愛漫留芳。

——二〇〇七・一〇・二九

「法律與文學」教學觀摩雜記

七言絕句

莫道紅樓只解頤，人倫天理妙藏機。黌宮學律情鍾處，法法千條識所依。

——二〇〇七．一一．二二

除夕雜感

五言律詩

世事渺如煙，匆匆又一年。煩憂多自取，披卷獨怡然。
古聖恒顛沛，今生幸苟全。不求長命好，但願夜安眠。

——二〇〇八．二．六

好眠

五言絕句

湖海浪潮平，詩書寄此生。由來曾得月，一覺到天明。

——二〇〇八・二・七

溪邊小花

七言絕句

鄉間小徑處春田，漫步千金素手牽。無意紅花苞綻落，繡成濃艷畫堂前。

——二〇〇八・五・一九

網路遇學生

五言絕句

生命本飄萍，隨流足跡經。與君千萬里，何似語階庭。

——二〇〇八・六・一五

思帝鄉

宋詞

樽酒空，遠山傳晚鐘。寂寞溪流疑影、似孤鴻。
負手林邊月色、惜朦朧。夜夜從誰訴？語秋風！

——二〇〇八．七．一二

無題

七言絕句

浪捲風雲舴艋舟，問天何處渡江頭。春花明月原非夢，不入江湖入酒樓。

——二〇〇八．七．二四

不同政治傾向的婚姻故事

七言絕句

累世因緣連理枝，幾何人壽屢憂時。嫌猜宦海誰賢聖？莫若談情酒賦詩。

——二〇〇八・八・三

點絳唇

宋詞

耳順年華，事無大小無須惱。夜眠宜早，每飯三分飽。　觀事皆宜，日日常三笑。毋嫌老，徑庭常掃，百歲呵呵好。

——二〇一六・一二・一九

逝水人生

七言絕句

淘淘逝水不留存，未及晨歡已夕昏。苦恨春來長覺短，此時此刻惜金樽。

——二〇一六．一二．一九

無題

七言絕句

來回侍者究何人？昔日稚童今士紳。慨嘆春光如逝水，白頭只覺老茶津。

——二〇一六．一二．二四

北門腳瓦盤鹽田看夕陽

七言絕句

十載天涯各異方，故鄉今日盡高翔。莫辭白鷺悠悠意，幾度鹽田看夕陽。

——二〇一七．一．六

挑夫

七言絕句

蒼茫四野暮蕭蕭，遙望天邊起海潮。借問君將何處去？空籃負重一肩挑？

——二〇一七・一・六

禪行

七言絕句

達摩千里赴東來，只為行尋不惑才。無礙居前階石道，知誰步步上禪台。

——二〇一七・一・一六

無題

七言絕句

寬心園裡草如茵，綠地藍天曙色新。遮莫紫藤無覺者，空餘石桌待輕塵。

——二〇一七・一・一七

無題

七言絕句

私嫌俗事理三千，五斗折腰堪可憐。今日閒餘聊學少，寬心園裡盪鞦韆。

——二〇一七・一・一七

寬心園景趣

七言絕句

霧靄濛濛未洗塵，大黃黑妞率迎賓。遙聞笑語藏童稚，爐灶薪傳景趣新。

——二〇一七・一・一七

禪心

七言絕句

稚童玩物樂歡深，少壯爭春苦細尋。歷盡滄辛方覺悟，從來幸福自禪心。

——二〇一七・一・一八

夕陽

七言絕句

天地人間幾度秋，萬頃一葦逐江流。紅塵煩事何須意，夕色金陽難久留。

——二〇一七・一〇・一四

行禪

七言絕句

校園輕步手搖肩，自在悠遊意向前。些許涼風徐拂面，識空漸入似行禪。

——二〇二〇・八・一七

月下笛 赴溫哥華過春節

宋詞

萬里飛鴻，橫洋渡海，暮水縹渺。歸心矢矯。問云何、聚時少？人生合散雖常事，怎料是、天涯海角？恨時局波譎，寒風屢送，舊巢歸鳥。　休道，新年好。願日日閒居，素無塵擾。琢磨健筆，細批經史佛老。遍觀宇宙今昔事，游卷裏、沉吟醉倒。道始末、置名山，千載知音待曉。

——一九九九・二・一六

羈人思故園

五言絕句

一夜心波幻，強睜眼半開。窗前楓柳綠，日已上高台。

——二〇〇三・八

中秋遣懷

七言律詩

茵綠楓紅連碧天，澄江翠色草堂前。暮鴉陣陣鳴空去，鴻雁迢迢北國邊。
雕鞍風華不復憶，詩書酒賦渡餘年。北辰暗喚浮雲月，今夜孤光照未眠。

——二〇〇三・八

情寄天地

五言絕句

北國天高闊，千花寂寞紅。幽人斜半倚，展卷入春風。

——二〇〇三・九

溫哥華看台灣文化節表演

五言絕句

那陸灣兮舞，關情萬里長。高山青踏唱，遊子共原鄉。

——二〇〇三・九

聽雨

七言絕句

綠徑人稀翠柳邊，煙籠秀色草堂前。春愁斜落綿綿雨，昨夜三更枕卷眠。

——二〇〇三・一〇・二

偶寄

七言絕句

人云唸佛往西天，暮頌朝持不計年。雁落溫城聊駐足，彌陀驀見在心田。

——二〇〇三・一〇・三

心茗

七言絕句

茶山夜月灑秋光，閒話巴山綠茗香。童稚撲流螢點閃，境幽心暖感餘芳。

——二〇〇三・一二・六

幻情

七言絕句

清風笑影柳疑楊，彩蝶穿飛慕菊芳。待月西廂松子落，星河寂寂夜空長。

——二〇〇三・一二・六

無題

五言絕句

紅霞落陌阡，寒月掛山顛。去雁歸飛急，投林沒暮煙。

——二〇〇三・一二・一五

無題

五言絕句

春日庭楓綠，秋霜野菊黃。人間多冷暖，逢友盡餘觴。

——二〇〇三・一二・一七

無題

七言絕句

天明負步度庭茵，野吠籬屋陌四鄰。梢柏寒鴉偏欲問，云何讀史恁傷神？

——二〇〇三・一二・二三

無題

七言絕句

詩書午後漫經行，鄰陌牽黃笑語迎。偶問京朝渾不識，桃園雪盡馬啼輕。

——二〇〇三・一二・二三

無題

七言絕句

白鷗翔海忞悠哉，一朵閒雲偶浮來。野渡鴛鴦波戲逐，無機無欲恁心開。

——二〇〇三・一二・二三

無題

七言絕句

慵起閒窗眺遠空，金穿綠樹點書紅。小樓昨夜臨風雨，多少相思寄夢中。

——二〇〇三・一二・二三

無題

七言絕句

又是一年將盡時，離人猶戀早春枝。濃情多意林邊月，冷後荒餘還詠詩。

——二〇〇三・一二・二三

無題

七言絕句

故國繁華非昔時，幽人頻夢早春枝。明年三月風樓滿，旌鼓空雷懶賦詩。

——二〇〇三・一二・二三

無題

五言絕句

北天舞雪花，南地漫風沙。老友飲冰處，江湖哪一家？

——二〇〇三・一二・二三

無題

五言絕句

北國漫千花，南天日晒沙。桃源嫌寂寞，何處是歸家？

——二〇〇三・一二・二三

讀史

五言絕句

彩鳳翔空盡，落花逐水流。星河愁曠遠，寒夜倚飛樓。

——二〇〇三．一二．二五

幽思

七言絕句

昔嫌梅竹懷春綠，今見紅顏已白頭。落日斜暉長舊影，草深林密更庭幽。

——二〇〇三．一二．二五

無題

七言絕句

馬鳴征轡赴車塵，破曉清風曙色新。與爾同更離別酒，晨昏莫作倚樓人。

——二〇〇三．一二．二六

春花

七言絕句

自古聖賢和德種，偏今學子倚知栽。長松生在寒山上，楊柳桃花到處開。

——二〇〇三・一二・二六

冬夜

七言律詩

歲暮連宵雪漫天，萬花點樹映窗前。斷鴻飛絕林中宿，楚客披寒夜未眠。六尺簷冰晴日化，千年青史幾時圓？孤燈頭白時人笑，獨案詩黃夢裏傳。

——二〇〇三・一二・二七

春色

七言絕句

萬里飄零碧海東，情懷故土怯春風。桃花偏好增顏色，客舍庭前綠映紅。

——二〇〇三・一二・二七

雪後

七言律詩

煙村漫踱雪殘痕，冬日冰銷楚客魂。思喚春風酬大化，情留孤影舞乾坤。浩浩古卷憐長夜，隅隅空徑向夕昏。遙望天河思不盡，寒風冷月獨清樽。

——二〇〇三・一二・二九

冬雪

七言律詩

冬雪翻飄雁苦寒，萬花飛絮九霄端。孤燈寂寂沉黃卷，千舍茫茫覆白巒。
幻界疑酣人絕跡，銀光似晝夜憑欄。天明推戶流晶柱，身陷團綿映鬢殘。

——二〇〇三・一二・三一

無題

七言絕句

田底有梅綻白花，年頭無竹莫長嗟。梅花偷落寒風裏，勁竹只生氣節家。

——二〇〇四・一・三

滿江紅

宋詞

獨倚寒窗，極目處、連天絮雪。昔日徑、已無陳跡，白丘千疊。風冷扇空鴻飛絕，天花灑盡淚未歇。嘆風華、昨日遍花紅，莊生蝶。　心未老，悲華髮。時不待，西窗月。惜千書盟約，古今丹血。玉笛飛聲傳舊闕，孤雁無恨空嗚咽。正案頭、緒滿落新箋，燈明滅。

——二〇〇四．一．四

歸吟

七言絕句

雁鴻啼斷恨悲音，楚客關情碧海深。西望愁雲籠寶島，今年三月賦歸吟。

——二〇〇四．一．一五

雪幻

七言絕句

歲暮飛花點晚窗，捲簾流目遍銀光。莊生曉夢迷蝴蝶，騷客夜酣童話鄉。

——二〇〇四・一・一七

無題

七言絕句

遙望瀛洲碧海煙，波迷不渡楚人船。回頭山夕垂楊處，漁指桃源老澗邊。

——二〇〇四・一・二五

曉春

七言絕句

遠望群山樹幾重，村夫小徑步清風。娥眉不讓鬟眉妒，萬綠叢中一點紅。

——二〇〇四・一・二九

河觴

七言絕句

故國煙塵未點墨，枯山亂石滿青苔。人生百年如鄉客，劫掠風華嘆妒猜。

——二〇〇四・一・二九

元宵客寓

七言絕句

二載溫城絕客塵，忽聞今夜小新春。遙知鹽水瀰烽火，萬眾群中少一人。

——二〇〇四・二・四

隱廬

五言絕句

寒窗書映月，柳下過行人。萬籟星河寂，山中幾度春。

——二〇〇四・二・五

鄉陌

七言絕句

鄰陌孤煙人寂寥，天涯浪跡一身遙。秋風緒滿詩難落，暮影西窗筆費描。

——二〇〇四．二．七

月下獨徊

七言絕句

天垂暮闊雁迢迢，籬舍寒窗楚客遙。明月漸斜孤柳影，三更猶步落楓橋。

——二〇〇四．二．八

宮怨

七言絕句

不羨陳王八斗才，何如伯虎返今來。寂天風動花低顫，指月雲開影獨徊。

——二〇〇四．二．八

鄉愁

七言絕句

碧海縹渺翔海鷗，天茫宇闊不知秋。扶搖霄九雲顛看，故里波晃似小舟。

——二〇〇四・二・九

看松

七言絕句

紛紜國事不堪憂，投筆拋詩獨倚樓。暮色蒼茫游目處，孤鴉攀上樹枝頭。

——二〇〇四・二・一一

情人節

七言絕句

銀河雖隔豈迢遙，喜鵲成群正築橋。灑愛人間天雨散，百花迎放過山腰。

——二〇〇四・二・一三

無題

七言絕句

寂天燈晚卷初封，野寺遙傳夜半鐘。漫步臨江嫌柳暗，迎風指月現人蹤。

——二〇〇四・二・一五

歸心

七言絕句

鴻雁空殘老宿枝，歸期將近最傷時。臨江對影皆鄉影，望月相思盡舊思。

——二〇〇四・二・一五

獨酌

七言絕句

天暮昏沉迷渡頭，書生獨酒醉消愁。將雷初雨風先滿，坐看江河西海流。

——二〇〇四・二・一七

桃源

七言絕句

遙聞父老避秦關，覓取桃源來此間。遍見群山多綠樹，長疑幽鳥亦無斑。

——二〇〇四・五・五

無題

七言絕句

塞雁雲飛過翠湖，天涯月落尚啼烏。村姑暢話當年事，滄海曾遺一露珠。

——二〇〇四・五・一〇

無題

五言絕句

北國烏啼重，千花蝶舞輕。夜深多覺夢，天涯故關情。

——二〇〇四・七・二〇

絮雪

七言絕句

絮雪綿綿覆五更，蕭蕭流水去無聲。當年箍樹枝零落，猶夢鄉春未忘情。

——二〇〇四・八・二

無題

七言絕句

鬱胸肝膽莫辭杯，美酒餘溫瀚墨催。老驥廉頗猶伏櫪，天明曙色戰千回。

——二〇〇四・八・五

寄語

七言律詩

三顧春容暮五更，西樓門掩別無聲。千山萬水天邊月，夕語朝憐海底情。
覆雪烏雲無盡路，吠村煙徑不留行。澗流來去悲孤客，夜夜平安語寄卿。

——二〇〇四．八．五

無題

七言絕句

春眠覺曉已三竿，輕帽芒鞋草徑寬。萬卷圖書環八尺，黃燈映月夕漫漫。

——二〇〇四．八．八

無題

七言絕句

風輕宇闊近長天，晴日江波翠柳煙。晨讀方休耕筆急，杜鵑花發怒窗前。

——二〇〇四・八・八

詠風

七言律詩

陰晴幻化莫疑猜，我本有情隨興來。思憶鄉閭催暮雁，酣酬舊約拂琴台。
天涯明月和君語，四月櫻花帶露栽。漫看烏雲橫綠野，逢春猶得渡蓬萊。

——二〇〇四・八・九

霜天曉角

宋詞

八月十三日，雷響長空黑。雁斷天涯雲隔，幽相喚、聲聲急。
臨海望西陌，纖手無長策。晚歲漫詩春色，憐朝夕、桃源客。

——二〇〇三・八・一三

無題

七言絕句

天明赤足步涼茵，凝露珠光曙色新。綠野藍天酬宇麗，紅塵醉夢誤芳晨。

——二〇〇四・八・一四

月近獨明

七言絕句

河漢列星沙數多，參差大小夜森羅。有情明月迎人近，千古人間獨醉歌。

——二〇〇四・八・一四

無題

七言絕句

雞鳴起舞吐吞呼，一去胸中滯鬱蕪。孔聖當年身寶劍，溫城廬舍是書儒。

——二〇〇四・八・一五

無題

七言絕句

常開心舍敞荊門，大地山河是我村。渴飲前溪波漾月，人間處處有清樽。

——二〇〇四・八・二〇

廬居

七言律詩

夏雨霏霏柳色新，空階滴瀝帶愁吟。倚窗恨對濛空白，登樓憐看庭樹陰。
雲散天晴浮麗日，鴻過聲斷寄知音。溫城百載仍依舊，絲柏廬居何處尋？

——二〇〇四・八・二一

知音

七言律詩

息影春城莫問京，煙霞有志八荒迎。晨鴉竹籬參天柏，明月清樽鳥語聲。
睡足日高身心泰，雲白江碧扁舟輕。英雄面貌今難辨，千古知音待有情。

——二〇〇四・八・二二

詠庭柏

七言律詩

古柏三株院落橫，護持幽客道心生。紅花綠葉秋風後，冷月飛霜負雪盟。
蒼髯龍吟迎鳳宿，盤根虎踞欲天擎。孤高勁傲非無義，捐軀棟樑扶厦傾。

——二〇〇四．八．二三

無題

七言絕句

曙色虛窗拂曉涼，雞鳴遠吠喚昭陽。庭茵情繫添珠淚，為問緣何憶舊鄉？

——二〇〇四．八．二四

無題
五言律詩

昔慕彌陀境，溫城正比鄰。行行籬舍綠，戶戶軟茵新。
錦簇迎仙客，澄江洗俗塵。群鴉春意鬧，晨噪武陵人。

——二〇〇四．八．二四

練氣
七言絕句

人身俱足蘊天機，氣脈含風拂舞衣。瑜珈太極招招演，萬法心生嘆見稀。

——二〇〇四．八．三一

關情

五言絕句

微星一點光，萬里送家鄉。宇宙悠悠盡，關情脈脈長。

——二〇〇四．九．一

二〇〇四年溫哥華台灣文化節

七言絕句

撼雷響樂醉迴身，不記何方不記辰。泰雅布農呼拍踏，原鄉魂魄舞狂人。

——二〇〇四．九．七

感懷

七言絕句

曾經吟嘯氣縱橫，今日從容步死生。九曲迴流潮浪滾，海天遼闊暮雲平。

——二〇〇四．九．七

太極拳

七言絕句

柳荷輕擺任風搖，纖手翻飛氣萬條。漫步蓮波絲意動，盎然機趣拂衣飄。

——二〇〇四．九．九

午後 Angus 路散步

七言絕句

草徑通天直細長，高情自是水雲鄉。垂楊省樹朝朝待，不記青雲有葉香。

——二〇〇四．九．九

無題

七言絕句

秋雨秋風草未枯，簷前瀝瀝暗垂珠。庭松猶待寒光月，看取千山雪白膚。

——二〇〇四．九．一一

感懷

七言絕句

生為徭役死為歸，朝日爭紅暮落暉。原野蒼茫思不盡，秋楓一片落窗扉。

——二〇〇四・九・一一

感懷

七言絕句

孤身萬里上雲霄，劍氣縱橫宇闊遙。惆悵當年雖寂寞，江聲夜雨客聽潮。

——二〇〇四・九・一一

感懷

七言絕句

人生道上記相逢，此去雲山未絕蹤。暫別諸君揮彩袖，蕭蕭斑馬露華濃。

——二〇〇四・九・一六

二〇〇四年中秋節寄諸友

七言律詩

逝水悠悠不計年，冰輪漾漾落湖天。迢迢千里非無訊，點點寸心常繫懸。
浪漫當年曾傲嘯，飄零今日各雲顛。嗟君對此應懷緒，寄語中秋共月圓。

——二〇〇四．九．二七

Angus 路漫步

七言絕句

昨見午楓凝萬綠，今傷地葉尺三黃。昏陽欲步沙沙響，不盡綿延道路長。

——二〇〇四．一〇．一

感懷

七言絕句

碧海長天叫斷鴻，聲摩曠宇盪迴空。紅塵俗事何須問，柏下松前獨練功。

——二〇〇四・一〇・一三

清晨靜坐

七言絕句

萬籟無聲萬識波，幾番平浪幾番多。漣漪任念隨緣去，朗朗乾坤方寸羅。

——二〇〇四・一〇・一四

感懷

七言律詩

紫殿雲霄映日紅，秦皇漢武為誰雄？人生百歲終歸土，宇宙無波任御空。
信讀群經悲白髮，閒觀造化意無窮。月圓當詠樽須盡，劍舞飛詩萬里風。

——二〇〇四．一一．一八

心生萬法

七言律詩

幸福人生莫外尋？恬靜淡泊自禪心。春花郊滿延君採，夏雨山幽探樹深。
秋月流銀浮儷侶，冬陽度雪泛寒金。英雄功業徒枯骨，野曝村夫酒細斟。

——二〇〇四．一一．二五

鬆靜自然

七言絕句

鬆筋散骨坐如鐘，靜入靈虛意絕蹤。自在真氣生息轉，然如空境九天逢。

——二〇〇四・一二・三

靜坐感悟

七言絕句

放下塵緣任夕波，浮名看破歲華多。感恩天地澄空色，淨化機心氣自和。

——二〇〇四・一二・三

問雲

七言律詩

岫雲峽出是何心？頻見神揚復抑沉。黛玉憐花花不語，東坡悅竹竹成陰。
悲秋宋玉秋終去，夢蝶莊生蝶自臨。何如灑愛花千種，漫看詞家醉浪吟。

——二〇〇四・一二・一〇

坐忘

七言律詩

綿綿絲息寂無喧，念念相隨細溯源。雜緒千頭潛幻斷，空靈一點隱神存。
天生本我原藏性，仙降人間欲練魂。坐忘渾沌光妙界，紅塵春夢了無痕。

——二〇〇四・一二・一一

感恩

七言律詩

億兆銀河億兆星，金烏無數掛青冥。悠悠曠宇思玄極，淡淡清風拂夜庭。曾駕扁舟浮碧海，須留詩賦灑丹青。群經積案盈三尺，萬籟希聲緒未寧。

——二〇〇四．一二．一六

醉吟

七言律詩

臘月天寒苦冷陰，今朝氣暖乍春臨。晨清露滿盈珠彩，樹靜陽和半踱金。幾意空晴澄野綠，無心雁影入江深。浮沉浪漫無寒暑，碧海濤波日醉吟。

——二〇〇四．一二．二三

靜坐感悟

七言律詩

超覺禪修內氣功，法門各派似雷同。思維頭點通經內，本地風光默照中。
身捨真如毋用意，心緣諸相任行風。澄澄自性天人境，無限神輝霞映紅。

——二〇〇四・一二・二四

浣溪沙 冬晴

宋詞

紅日三竿入小樓，曉霜珠落宿雲收。寒林清氣似高秋。
樹靜人稀疑乍夢，晨鴉自若喚啼留。虛窗未覺醉凝眸。

——二〇〇五・一・三

靜坐

七言律詩

年來老病欲留春，靜坐禪修醉問津。鬆骨鬆筋行百骸，通頭通腳長精神。
濛濛意識飛浮影，念念鼻呼不問塵。諸相皆空三昧處，輕舟萬里是吾身。

——二〇〇五・一・三

雪悟

七言律詩

柳絮飄飄醉陌阡，九霄散玉斷人煙。三千銀界漫天際，十二重樓入眼前。
昔日風華疑逝色，今朝虛寂合參禪。世間境遇風雲幻，造化因緣問百年。

——二〇〇五・一・六

念奴嬌

宋詞

天門開落，正紛紛飛絮，大地蒼茫。萬里無垠千尺雪，一片濛濛銀光。弱柳垂枝，寒松持玉，梅冷傲孤芳。虛窗憑景，古今豪士疏狂。　回首幻化人生，悲歡如許，今日合思量。不悔青春曾逐浪，未留傳世文章。道本無名，佛何嘗語，底事著書忙？賦詩彈劍，且酬明月情長。

——二〇〇五・一・七

霏雪

七言律詩

北斗雲霄怒白龍，山河千里宿冰封。天昏天曉飄飄散，花開花落萬萬重。但覺銀光盈宇內，長疑大地有人蹤。絲絲片雪絲絲緒，玉樹臨風憶舊松。

——二〇〇五・一・八

雪晴

七言律詩

萬里鹽沙雪歇初，遠山天際白雲舒。亭亭綠柏伸飛翼，朗朗晴空見太虛。
偶遇低迴曾寂寞，幾番周折悅真如。金光清氣虛窗案，趺坐焚香看佛書。

——二〇〇五．一．一三

靜坐

七言律詩

放下諸緣不問身，輕閉雙目絕煙塵。絲鬆筋骨絲鬆意，一點陽和一點春。
至愛念伸瀰宇宙，無私情化接天人。迷歸遊子回懷抱，朗朗乾坤返上真。

——二〇〇五．一．一八

柳梢青 雨中Angus路漫步

宋詞

天雨煙輕，江澄波靜，山色空靈。雪後氣清，庭前松綠，籬樹千迎。
林寒幽靜孤零，醉漫步、小傘信擎。無盡人間，無窮天地，無限深情。

——二〇〇五．一．一九

冬蟄

七言律詩

冉冉瓊花落地輕，茫茫萬里絮絲聲。寒冰千丈埋幽徑，大地無顏似古城。
歲暮添年堂屋老，人間盡蟄我孤清。莫辭蓄積春雷響，寂寞東風意不平。

——二〇〇五．一．二三

村隱

七言律詩

輕帽寒衣陌土揚，芒鞋踏破水山長。早年壯氣追名利，今日煙霞酌杜康。
老健老妻兼老友，清貧清靜亦清狂。飄萍自適隨波意，萬里相思共月光。

——二〇〇五・一・二五

相思

七言律詩

春去秋來葉落飄，夕陽山色更魂消。昔人千里久山隔，此地天涯一身遙。
世事日深頻望月，空庭夜靜欲吹簫。疏松碎影清光冷，萬籟虛聲慰寂寥。

——二〇〇五・二・二

櫻花初開

七言絕句

苦久寒凝未賦詩，晨昏披卷待春時。今朝曙色穿窗落，驀見櫻花開滿枝。

——二〇〇五．三．七

班芙國家公園

七言律詩

洪荒造化信揮毫，神秀鍾靈氣勢驕。山簇崢嶸濛霧湧，褐屏突兀似仙彫。林浮平鏡天地近，人入幽光濁世遙。長記瑤池今日遇，好遺夜半夢魂銷。

——二〇〇五．三．二二

五月溫城

七言律詩

五月溫城入夏涼，深宵夢短晝天長。月含倩影沉星海，鳥碎暝暮迎曙光。
楊柳依依垂綠髮，春花處處繡紅妝。偶逢仙境人間足，造化何時四季芳。

——二〇〇五．五．一四

暮春

七言律詩

野噪雲鴉日暮多，山居蓬戶可張羅。飛紅點點搖春水，碧海淘淘任夕波。
夕落江流光瀲灩，月明柳曳影婆娑。溫城入夏移夜短，花徑時聞唱醉歌。

——二〇〇五．六．六

飛花

七言絕句

碧海雲山幻幾重，天涯何處託孤蹤。年年芳徑疏煙雨，幾度飛花又再逢。

——二〇〇五・六・八

北國

五言絕句

姮娥逐夜霜，北國晚風涼。逝水悠悠盡，斯情脈脈長。

——二〇〇五・七・八

巧燕師姊

七言絕句

紫陌羈凰怨翠梧，鉛華洗盡作村姑。藍莓問道蓬籬下，寶島農場滯客途。

——二〇〇五・七・九

曙色

五言絕句

陰陽天地在，曙色逐江開。惟恐春將盡，群鷗趁夜來。

——二〇〇五·七·一五

孤鴻

五言絕句

夕落半天紅，閒忙一日空。浮沉暝色度，江渚佇孤鴻。

——二〇〇五·七·一五

醫療

七言絕句

莫道溫城萬太平，驚風郎慢坐天明。勸君少壯身憐取，人到病橫三兩輕。

——二〇〇五·八·二

秋聲

七言絕句

扁舟千里任乾坤，雁度雲山楓葉村。新月秋庭涼如水，西風遙夜酒微溫。

——二〇〇五．八．五

台加唱卡拉ＯＫ

七言絕句

且共登樓散管絃，長歌一曲入雲天。茫茫人海誰知我，醉問今朝是幾年？

——二〇〇五．八．六

記紅如國樂團在溫哥華的客家鄉音

七言絕句

萬國廣場憶舊鄉，客家山歌恣悠揚。年年時節縈迴夢，似是不須山水長。

——二〇〇五．九．三

台加家庭系列第一堂課

七言絕句

去來千里遇同鄉，累世緣修聚一堂。悲喜人生宜學課，猶須攜手向朝陽。

——二〇〇五・九・六

長相思 中秋

宋詞

東一方，西一方，明月天涯一樣光，今宵獨斷腸。
思故鄉，滯故鄉，舊憶依稀夢裡長，遙聞五味香。

——二〇〇五・九・二一

摩卡咖啡

五言絕句

漫雪落明珠，溫城困老儒。聞香摩卡熱，尚有一杯無？

——二〇〇六・二・二六

台加卡拉ＯＫ聽「母親你的名字是台灣」曲

七言絕句

真幻人間醉幾重，長歌一曲記相逢。故鄉萬里殷勤喚，吾母台灣猶盪胸。

——二〇〇六・四・一

台加卡拉ＯＫ聽「星星知我心」曲

七言絕句

半百浮沉滄海東，閒愁幾許寄西風。舊歌一曲心深處，歷歷前塵夢憶同。

——二〇〇六・四・一

台加卡拉ＯＫ聽「月亮代表我的心」曲

七言絕句

今夜孤眠枕錦衾，勸君莫問愛多深。西窗雲夢迴風舞，明月秋江知我心。

——二〇〇六・四・九

台加卡拉ＯＫ聽「一翦梅」曲有感

七言絕句

蒼茫大地雪風飄，一翦寒梅立未銷。寂寞凝香何怨悔？含情只為點春苗。

——二〇〇六・五・二八

台加卡拉ＯＫ聽「最後一夜」曲

五言絕句

千花蜂蝶舞，人海醉浮沉。今夜紅燈盡，歌終一瞥深。

——二〇〇六・五・二八

看台北民族舞團表演

七言絕句

天女飄飄凌紫霞，纖纖玉指托蓮花。蓬萊千里今宵遇，為恤流離萬萬家。

——二〇〇六・六・五

西江月　溫哥華客寓

宋詞

點點窗前細雨，迢迢域外蓬廬。當年紫陌駕龍駒，今夕寒鴉無數。陌上千花無主，樓頭萬卷藏珠。閒餘幸得偶詩書，消盡人間愁苦。

——二〇〇六・七・三〇

卡拉ＯＫ聽「雨夜花」曲有感

七言絕句

黃昏多少不歸家，一曲飄零雨夜花。去國懷鄉難兩顧，千山負笈浪天涯。

——二〇〇六・八・八

卡拉ＯＫ聽「月夜愁」曲有感

七言絕句

三線途歧月照秋，桂殘孤樹有人愁。漫漫遙夜空腸斷，寂寞千江無語流。

——二〇〇六・八・八

卡拉ＯＫ聽「瀟灑走一回」曲有感

七言絕句

不問含悲抑展眉，生死白頭盡餘杯。悠悠天地匆匆客，瀟灑人間走一回。

——二〇〇六・八・一三

溫哥華台灣文化節雜記

七言絕句

九族台灣原住民，喧然擊鼓為迎賓。飄洋千里翩翩舞，一洗遊人陌上塵。

——二〇〇六・九・五

遊加拿大洛磯山脈（一）

七言絕句

忽聞海上有仙山，山在虛無縹緲間。讀盡樂天詩萬遍，何如此地覽山前。

——二〇〇六・九・五

遊加拿大洛磯山脈（二）

七言絕句

白雲繚繞欲飛龍，長嘯天霄氣盪胸。試問此身何際處？洛磯山脈最高峰。

——二〇〇六・九・五

著者註：
二〇〇三年至二〇〇六年間，余養病於加拿大溫哥華，時常上網路詩房，與全球愛好古典詩詞者相互唱和，有同好出題由詩友寫詩，以下之詩類多因此而成。

無題（就詩房程顥的〈秋月〉：「清溪流過碧山頭」而寫）

七言律詩

紅塵宿罪自相尤，何處行尋妙喜洲。冷月無言斜眼看，清溪流過碧山頭。
人生百歲終歸土，千載功名豈繫留。塊壘難消胸欲吐，仰天長嘯北辰樓。

——二〇〇三．一一．一五

憶故人（此為針對朝雲之題「浮雲淺漾映流光」而寫）

七言律詩

烏山頭裏有春藏，夜夢魂縈識舊香。綠樹環山猶被錦，浮雲淺漾映流光。
佳人偎倚湖舟泛，玉郎輕憐意萬長。去歲重遊腸斷地，群星寂寂晚風涼。

——二〇〇三・一一・一七

感懷（此為針對王昌齡「莫道秋江離別難」而寫）

七言律詩

去歲雕弓射紫鸞，今朝病榻死生端。空殘落葉飄零去，莫道秋江離別難。
世事風雲樑夢醉，鄉間小徑葛衣寬。獨留經史閒批點，月夜孤燈曉露寒。

——二〇〇三・一一・一八

浮雲（針對「江楓落葉浮雲白」而作）

七言律詩

半世功名半世空，長風送我到洋東。江楓落葉浮雲白，斷雁斜陽古柳紅。
青史參差多幻化，人生飲啄幾回同？幸存萬卷聊吟醉，戲逐群鯨碧海中。

——二〇〇三．一一．二〇

隱廬（針對「晚風吹笛弄流霞」而作）

七言律詩

地僻結廬浮北國，繁華洗盡布衣家。秋楓黃葉飄飄落，暮色寒鴉陣陣呱。
幻化人生緣遇合，風雲際會又千花。天涯明月知何處，吹笛臨江映晚霞。

——二〇〇三．一一．二三

河觴（針對「未筵先品碧螺春」而作）

七言古詩

忽聞臨老獲麒麟，綠野山村訪故人。豈待湖幽秋閣晚，未筵先品碧螺春。
曲觴流水當年話，嗟悼江河老病身。何日天工重抖擻，一番驟雨洗清新。

——二〇〇三・一一・二四

塵緣（和詩）

七言律詩

山留蜀路未塵封，強向幽人覓舊蹤。彩鳳舞天嫌寂寞，閒雲俯地笑高峰。
北辰恩惜群星拱，朝日猶須大化容。冬盡春來應覺醒，人生此世再難逢。

——二〇〇三・一一・二五

古剎（和詩）

七言律詩

三千大化生機盎，八萬方門識者稀。湖波如鏡雲著相，山頭冠寺佛嫌低。
穿花彩蝶留春住，虛谷沼崖絕鳥飛。無盡紅塵真幻處，斜陽古剎落餘暉。

——二〇〇三．一一．二六

道紀（針對李白的〈長門怨〉：「天迴北斗掛西樓」而作）

七言律詩

塵世浮名久繫留，天迴北斗掛西樓。為而不恃逢莊老，逝者如斯笑孔丘。
執古御今求道紀，功成事遂向風流。星河曠遠何須嘆？明月無言萬古憂。

——二〇〇三．一一．二七

客寓（針對「千里楓林煙雨深」而作）

七言律詩

何處楓林煙雨深？溫城佳景世千尋。春花鬥艷爭開蕊，冬雪斜飄覆陸沉。
夏柳垂江舟影碧，秋風落葉雁長吟。人生此遇情堪慰，況有詩書閱古今。

——二〇〇三・一一・二九

緣盡（和蘇東坡〈蝶戀花〉）

宋詞

橫眼流波飛意惱，乍現千嬌，萬籟迎風笑。獨酌五更長醉倒，三竿春夢偏啼早。
雁斷天涯音訊杳，雨點黃花，珠淚年年繞。歲暮枝頭吹更少，天涯何處尋芳草？

——二〇〇四・五・二七

大道無言（和詩）

七言絕句

浪跡天涯四海人，攜書萬卷虎溪鄰。日持貝葉三更老，明月新圓笑照塵。

——二〇〇四・六・二五

衷訴（和詩）

七言絕句

春暖花開陽氣生，蓬門宇闊海天橫。寄言鴻雁傳衷訴，日日人間吹玉笙。

——二〇〇四・六

陌上（和詩）

七言律詩

陌上誰家俊少年，風流儒雅夢魂牽。炎炎炙日烘心暖，閃閃雨雷聽鼓喧。
含笑遠山藏綠水，闊空江海久長天。今朝樓倚窺君面，無限春風歌採蓮。

——二〇〇四・七・二八

和詩

七言絕句

何處傳來狗吠聲？天明嗚咽到三更。原來飼主牢繩柱，無奈見人狂亂鳴。

——二〇〇四・七・三一

和「千年」

七言絕句

夜夜魂縈入夢牽，依稀相識已千年。尾生梁下曾輕負，今世輪迴孰續緣？

——二〇〇五・八・二六

十牛圖頌步韻和第一頌

七言絕句

誰家童子恣咆哮，我本山林逐水遙。誰願長鞭繩套鎖，欲逃卻罪犯佳苗。

——二〇〇五・一〇・二五

十牛圖頌步韻和第二頌

七言絕句

將我芒繩驀鼻穿，幾回奔競不停鞭。恢恢天網悠悠報，他日輪迴換我牽。

——二〇〇五・一〇・二五

步韻清 吳蘭修 詩

七言絕句

京人每羨舍田家，綠樹庭茵野種麻。恐爾農禾門落日，終年栖栖負黃花。

——二〇〇六・五・一六

和「誰在遠方哭泣」一詩

七言絕句

孤燈殘夜守迴廊，滿地黃花抱雪霜。遠簫幽聲流水咽，淒涼寒月黯餘光。

——二〇〇六・五・三一

鳳凰閣 中興大學新營中學校友送舊會題

宋詞

又離愁洒滿，紅花競飾，鳳凰垂過雁低泣，欲挽東流逝水，暫俟酣客，悔已晚、驪歌逼急。新中三載，往事歡顏欲白，俱中興又是將隔，知未久，燕分飛，謹具薄冊，一酹酒，還君異夕。

——一九七四·五·一

鵲橋仙 寄甘添貴老師遊學東瀛，寫於桃源小館別後

宋詞

晴空碧水，千峰競翠，姆指山頭春意。偷浮生半日悠閒，並雙作、尋幽遊子。　昨方夢遠，奈春已老，酒別依依桃李。寄此去冠蓋東瀛，奏凱曲、榮歸故里。

——一九七八・八・一九

感恩多 寄祝父親六十大壽

宋詞

英姿還壯少，歲月人催老，兒女齊拜朝，壽歡香。　叩願鴻福似海，萬年長；萬年長，兒女綿延奮發齊志揚。

——一九七九・七

感恩多　寄城仲模老師

宋詞

辭師匆五載，屢欲登門拜，愧攀桃李枝，綻花遲。願借騰雲一片，玉龍飛；玉龍飛，翻覆雲霄共師長伴隨。

——一九八四．一二

南鄉子　謝沈碧麗同學

宋詞

碧麗沉魚，秀慧蘭心問病軀。積漸久常非即癒，粗如，居養留心患可除。夜送瓜胡，行遍街坊正患無，誠謝關心勞貴助，片書，寄祝高分晉仕途。

——一九八四．一二

醉太平　寄甘添貴老師

宋詞

驚雷嘯龍，英賢遇逢，今朝初相黌宮，見千花樹紅。
專章素攻，詩書略通，夢身桃李園中，慶得償宿衷。

——一九八四·一二

江城子　寄呂自揚

宋詞

詩詞情切道乾坤，小樓春，帝王墳。風送霞雲，孤影曳黃昏。更有英雄豪氣在，歌燕市，斷俠魂。　古來名句積盈身，意情真，覓詩痕。析賞探源，五載忘存身。怎奈盜宵頻眷顧，心渙倦，訴無門。

——一九八四

醉太平 寄甘添貴老師

宋詞

明師善知，傳言片詞，黌宮初拜人師，感深恩重誼。
東坡遇時，才情逸思，文章千載遺輝，報文忠厚期。

——一九八六・一

望江南 周末與諸友陽明山行

宋詞

臨周末，忘了一身忙，呼友攜童歡渡日，陽明山上笑聲揚，明日又何妨。
青春嶺，層層玉階長，幽徑林陰深茂處，搖曳枝椏竹風涼，蝶影漫飛狂。
擎天嶺，天低遠山茫。平原無際遼野闊，風吹草綠牧牛羊，城外好風光。
馬槽道，斜引入農莊。袒裎對空塵事忘，熱泉滾滾沐香湯，閉目沁迴腸。
玉瀧谷，崖上隱仙鄉。睥睨人間塵似蟻，笑談千古煮酒香，山菜語飛觴。

——一九九五・八・五

浪淘沙 母親節寄春雅

宋詞

萬里越關山，人在雲端，重洋遠渡為家安。雞肋不堪糊口計，空自憑闌。
五月雨微寒，胡雁飛難，浪淘沙曲勸加餐。為母自須不憚苦，未老鬢殘。

——二〇〇〇．五．一三

西江月 送秋妙出國留學

宋詞

浩浩湮洋無際，絲絲鴻落征泥。千秋妙悟去來機，莫忘天涯故里。
漫漫人生何似？悠悠歲月痴迷。海天萬里浪塵跡，寄語平安如意。

——二〇〇〇．七

浪淘沙　憶盧修一委員

宋詞

暮色黯雲霞，白鷺思家，花都雖豔怕驚鴉。魂夢終生縈繞處，福爾摩沙。
行修一儒俠，政壇奇葩，葦蘆當劍斬功閥。輕跪將門敵盡潰，千載詩誇。

——二〇〇〇・八・一

浪淘沙　綠島人權紀念碑落成一週年

宋詞

夕照染霞紅，火繞群峰，群山攜手作牢籠。長記綠洲莊月夜，泣血寒濃。
孤島再相逢，往事塵封，碑前垂淚覓名蹤。願教此情成舊憶，百世晴空。

——二〇〇〇・一二・九

浪淘沙　台灣法學會三十週年有感

宋詞

把盞酒更添，而立時年。歷經風雨暮寒天。總是從容攜手赴，笑問強權。
回首故園間，亂絮三千。舟楫初渡大江前。不畏時局波浪湧，且效先賢。

——二〇〇〇・一二

覆郭玲惠主任教師節問候書

七言律詩

雁落溫城滄海東，澄江翠樹映花紅。半生庸碌追霞燦，萬古浮沉意未窮。
喜得關情傳尺素，諸恩未謝憶黌宮。來年杏下逢桃李，夢有詩書試曉風。

——二〇〇三・九・二六

強道會頌

七言絕句

戶外三春強道盟，風潮日暖向山行。忠持相續堪洪範，淡水遠流含海情。
欣佑北辰猶映月，九天音響有餘聲。諸君講義妙高論，席缺罰錢夢自驚。
出入生財何藝術，多方得款日文明。千花迪茂知何處，長醉逸村暢此生。

——二〇〇三・九・二七

寄甘添貴老師

七言律詩

自古青雲豈有愚，人間錦繡貴人扶。春花百紫忞嬌艷，炙日園丁汗淚珠。
彩鳳九霄翔跡闊，歸飛暮雁更懷梧。飄零萬里音書寄，海角天邊一劣徒。

——二〇〇三・一〇・三

賀柏楊全集完成

七言律詩

十載奇文十載牆，牆中史卷夜螢光。二千萬字盈盈淚，十億生靈莽莽霜。通鑑權謀悲帝室，人權教育海天長。栖栖歲月絲絲願，宇內長流一瓣香。

——二〇〇三・一〇・二七

賀又華二十歲生日

七言律詩

自幼無機性蘊真，冰圈高舉自由神。三更枕夢猶含笑，十線連襟失手巾。點點憶痕方昨日，亭亭玉立已成人。今生無後長疑悔，家有明珠最足珍。

——二〇〇三・一一・一五

悼溫世仁先生

七言律詩

自幼農鄉井里中，長成科技萬夫雄。半生閱盡繁華事，五十惟彈俠客風。
數載征塵奔兩岸，一心雨澤渡孤窮。誰云寂寞黃泉路，古浪群生九地通。

——二〇〇三．一二．九

悼溫世仁

對聯

范蠡居家致千金，居官至卿相，三聚三散，泛海五湖，名垂後世，真仕臣異客。
世仁從商留百億，從文傳四海，渡貧渡愚，栖楻兩岸，澤及卑微，悼科技奇英。

——二〇〇三．一二．九

贈趙麗雲教授

七言絕句

因緣生法即為空，飲啄由天不論功。信手東風如借滿，千花開道映階紅。

——二〇〇四・一・一三

春雅生日記

七言絕句

春酒盈杯賀歲新，雅懷學語不辭辛。快心稱意平生事，樂與諸生比性真。

——二〇〇四・一・二五

觀侯吉諒兄畫荷

七言律詩

百本芙蓉淡墨中，千嬌芳妒畫堂東。盈盈凌步池沼上，冉冉思飛碧海空。

清濁人間出俗異，浮沉歲月伴君同。偏勞詞客丹青手，點染羅紋奪化工。

——二〇〇四・三・二五

書寄文建會陳郁秀主委賦歸

七言絕句

宦海隨波任去留，天翔白鷺自遨遊。曾伸素手春風喚，贏得庭深花滿樓。

——二〇〇四・四・二九

回涼涼詩

七言絕句

迷離星夜忞秋涼，弦月分端各異方。故友相逢如欲問，孤鴉啼樹醉顛狂。

——二〇〇四・五・二

與張大春等在麵對麵會面

七言絕句

一期一會晤詩朋，三賦三巡墨未凝。吃醉十方憑巧手，味聞四海愧雲僧。

——二〇〇四・六・一九

賀遠流出版公司成立滿三十年

七言聯律

華文出版坐誰先，料得遠流懷錦篇。實體單書頻繡彩，虛擬網路早揚鞭。
天文地理陳羅備，中外古今森列全。寶島風情思父祖，英雄傳記慕先賢。
石岩醒世禪鐘響，胡適醍醐明鏡前。柏老史書聞遠邇，金庸小說透天邊。
新生作家啼聲試，老馬知音捧卷眠。尋夢英才天下聚，筆耕寒士此生圓。
學宮不待圜牆在，盛宴猶留欄外筵。王君馳驅三十載，台灣璀燦數百年。
悠悠半甲嘗攜手，點點寸心感遇緣，值此銜杯須酌酒，迢迢流水向雲天。

——二〇〇四．七．五

謝強道會諸友慰問

七言律詩

體健家和故舊知，人生至樂最斯時。寒年老病身宜暖，萬里飛鴻慰相思。
北斗多情無覺遠，草山猶緣欲歸期。逸村別館群英落，月冠清泉醉賦詩。

——二〇〇四・一二・一八

答學生未來志業問

七言律詩

莫視青雲萬里高，少時須意著征袍。妙音弦瑟宜鬆緊，精進生涯恰逸勞。
馳逐馬啼吟醉月，悠然階步過松濤。安怡濃淡春迢遞，頂摩迎風白浪滔。

——二〇〇四・一二・二八

賀春雅二〇〇五年生日

七言律詩

半百粗疏拙敘情，結縭二十苦荊卿。雞鳴早待烹鍋響，夜靜猶聞學語聲。
舊服屢尋搜盡篋，藏金需積遇多生。誠知宿世今償債，長願家中月照明。

——二〇〇五・一・一六

贈魏醫師

七言絕句

懸壺濟世半生忙，數載溫城釣夕陽。春色澄江嫌寂寞，惜憐故里再開張。

——二〇〇五・二・二四

大姊

七言律詩

昏黃照片寸餘長，埋憶青娥紅粉妝。何待三生今積德，遂使此刻髮微霜。
飄身滄海雖愁遠，攜手當年不敢忘。半百惟嗟無尺業，只能魚雁問閒忙。

——二〇〇五・四・二

「台灣全覽地圖百科」閱後

七言律詩

夢學當年鶴上人，摩天意氣似君臨。身懷尺卷高飛翼，眼落群山綠綺衾。
學館詩吟輕學淺，酒樓鶯舞逐春深。繁華似水千年後，故國風流此處尋。

——二〇〇五・四・二八

賀峰青喜獲千金

七言絕句

先祖靈虛疑俯臨，清明時節賜千金。老夫萬里無相贈，今日華樽醉月深。

——二〇〇五・四・二九

二〇〇五年母親節思憶母親

七言律詩

三十征塵流韶光，長嗟半百遇秋長。頻迴門楣尋昂首，欲奉慈親不在堂。花徑思酬空拂手，節時馳憶向何方。黃泉幽渺難憑信，夢裏徘徊識舊鄉。

——二〇〇五・五・七

示子女讀書

七言律詩

半世稻粱攸且長，連番歷劫鬢如霜。儒林早歲藏虛譽，白首何曾負燭光？
只望庭門延盛戶，不求子女奉高堂。三千黃卷空羅列，更枉老夫窮自忙。

——二〇〇五・五・八

又云喃語

七言絕句

父慈母愛有高才，汝本人間有意來。天上明珠何處有？靈犀一點霧雲開。

——二〇〇五・五・一七

與同學聚會

七言絕句

清茶萍聚巧因緣，萬里同窗是偶然。西雁成行春尚悟，一期一會醉雲天。

——二〇〇五．五．二二

賀先達十五歲生日

七言絕句

為國馳驅萬里東，觀音送子寄西風。匆匆十五年華逝，童稚當年身等同。

——二〇〇五．六．三

賀湘儒十八歲生日

七言絕句

初得明珠望又揚，再傳儒冠帶瀟湘。庭花豆蔻逢春放，未意山中刻漏長。

——二〇〇五．六．一八

贈蕭明珠

七言絕句

歷經風雨歲寒天，濤浪不驚舟客眠。滄海明珠波漾映，豈辭與月共爭妍？

——二〇〇五・六・二〇

覆湘儒十八歲生日信

七言絕句

不須錦繡藻華辭，句到情真自是詩。縱使當年期莫後，一朝為父寸心知。

——二〇〇五・六・二〇

贈王榮文

七言絕句

欲覓朱侯何假求？王門迎送盡名流。春江絡繹悠悠遠，推浪低迴不出頭。

——二〇〇五・七・二九

賀榮文、曼君百年好合

七言律詩

榮名三十滿塵襟，文采風流客浪吟。曼影徘徊頻入夢，君心惆悵孰揮琴？
百般蘊蓄憐朝暮，年壯飛揚未晚臨。好事逢須多點綴，合緣來世亦相尋。

——二〇〇五・七・二九

楊風「白櫻樹下」

七言絕句

曾探空門未了因，不堪惆悵作詞人。白櫻樹下輕揮彩，孰料頻迴動網塵。

——二〇〇五・八・二五

生日自抒

七言絕句

生在娑婆濁世間，日思晚境伴林泉。快心我復何方醉？樂與秋江對榻眠。

——二〇〇五．一一．一五

春雅二〇〇六年生日

七言絕句

慶生歲歲賦詩篇，紅燭迎搖又一年。料得衷心三願訴，家和身健日安然。

——二〇〇六．一．二八

法澄師父

七言絕句

清酌廟堂非等閒，輪迴六道在人間。聖朝仁政臨天下，不啻西方謁佛顏。

——二〇〇六．五．一

寄台南縣立文化中心施淑玲科長

七言絕句

近歲泊羈滄海東，桃花三月去年紅。南瀛昨日曾輕喚，似是蓬萊萬里風。

——二〇〇六・五・一三

先達十六歲生日

七言絕句

十六年前紐約行，家門未履爾先迎。顧余近歲風霜歷，世業願汝能自耕。

——二〇〇六・六・三

湘儒十九歲生日

七言絕句

逝水年華十九秋，悠悠歲月不停留。燭燃三願尤須記，生計扛肩伴自由。

——二〇〇六・六・一九

謝許建立宴

七言絕句

昨宵小聚費安排，閒話居常醉暢懷。今且飛詩聊拜謝，他朝寒舍復清齋。

——二〇〇六・六・三〇

Powell River 之旅謝陳慧中老師

七言律詩

一群白鷺不愁秋，難耐溫城久繫留。赫胥灣前乘巨艦，鮑威河上逐輕鷗。獨懷故里旗招展，共享千邦藝獻酬。長謝慧中逢定策，此行歡暢賴君謀。

——二〇〇六・七・六

賀蔡明誠教授接任台大法學院院長

七言絕句

半生白髮作紘歌，律法三千醉盡羅。獨令黌宮登泰斗，復誰與爾更聞多？

——二〇〇六．七．二五

一個癌症媽媽給兒子的遺書

七言絕句

造化禪機難測微，乖違運命為增輝。人間何物天容動，字字遺書血淚飛。

——二〇〇六．八．一二

西江月 大學畢業三十年同學會

宋詞

歷歷尋常舊面，匆匆三十餘年。凱歌激濁已雲煙，霜鬢空留殘願。
美酒當前須勸，同窗累世殊緣。高樓且醉且陶然，明日天涯塞雁。

——二〇〇六・一〇・二九

訪莊春榮牧師

七言絕句

抬頭千仞望家園，一紙詔書零落身。祈願天垂攀索線，祖靈獨夜盼歸人。

——二〇〇六・一一・一四

謝侯吉諒、洪美華相助

七言絕句

氣運乖違疑命施，人逢老病有真知。多年舊友不尋見，逢難相扶總及時。

——二〇〇七・二・一七

記文魯彬

七言絕句

各自遠來天一涯，滿園黃白俱庭花。秋風蕭瑟根何處？心落安身即是家。

——二〇〇七・三・三〇

謝許建立接風

七言絕句

許君瀟灑若書紳，瑜姊情慇似至親。舊話綿綿迴午夜，只緣萬里一歸人。

——二〇〇七・五・一二

賀先達十七歲生日

七言絕句

秋來春去莫之知，先達亭然十七時。萬里一言生日賀，男兒不困淺清池。

——二〇〇七・六・三

賀峰青獲千金

五言絕句

昨宵方得音，賢侄獲千金。空手無他物，紅包表寸心。

——二〇〇七・七・三

miya 的問候

五言絕句

君亦識高堂，天涯隔兩方。莫辭留數語，或恐是同鄉。

——二〇〇七・七・一二

給 miya

七言絕句

假合人間幻幾重，徘徊書海意頗濃。儘堪老父乘風去，卻是無端夢裏逢。

——二〇〇七・七・一二

給幸佳慧

七言絕句

西飛東雁久無音，不意天涯竟比鄰。若得文章來上客，天天詞賦醉酬賓。

——二〇〇七・七・一三

給 Joy

五言絕句

世事渺如煙，匆匆又一年。煩憂多自取，今日海雲邊。

——二〇〇七・七・一四

祝碧瑜姊早日康復

七言絕句

氣運循環本正常，朝來春日夜愁霜。祈求天上耶穌主，瑜姊人間有事忙。

——二〇〇七・八・八

悼臥龍生

七言絕句

鬻名何惜後身功，筆落凋零病榻中。一代天驕埋首日，孤飛駕鶴九霄空。

——二〇〇七・八・一一

朝中措 為涼涼〈只是一根春草〉寫序詩

宋詞

片帆流水任天涯，花落好人家。庭內滿枝綠蔭，春閒信醉流霞。　日呼稚子，深閨眉畫，堂奉香茶。只是一根春草，恁麼無限風華。

——二〇〇七．八．一四

為二姊招生寫傳單

五言絕句

孟母有三遷，東湖好教園。今朝由此入，庭鯉躍乾坤。

——二〇〇七．九．四

賀龍騰文化事業公司成立三十年

七言絕句

壯志青襟欲宇登，青雲平步倚龍騰。去來半甲伸飛翼，料得來年更上層。

——二〇〇七・一一・二七

參加台灣法學會年會雜感

七言絕句

鴻鵠志在九霄高，鵬翼翱飛疊海濤。學子知誰天下策，秋風夜卷獨揮毫。

——二〇〇七・一二・二

紫蓮 和涼涼〈睡蓮〉

七言絕句

北風寒露日頻來，遮掩青山棟樑材。無意荒煙沼澤畔，一枝爭艷紫蓮開。

——二〇〇七．一二．三〇

為黃昭源幼兒健康書寫序

七言絕句

人皆有子望名揚，我願兒孫樂且康。漫漫生涯途路遠，吟詩騎射後文章。

——二〇〇八．一．二六

華山夜宴

七言絕句

帝京歌鼓待晨鐘，十載風華合改容。夜宴華山今日始，倚天一出孰爭鋒？

——二〇〇八．二．一

請踴躍參加台北國際書展

五言絕句

經典俱吾師，孤燈展卷時。歲錢何處去?世貿買新知。

——二〇〇八·二·八

和魯秀士

五言絕句

太極數年前，滄桑世事間。利名皆放手，相顧兩疏斑。

——二〇〇八·四·三

記友人貓之殤

七言絕句

乖巧溫馴惜若珍，磨蹭足下忒纏人。今朝慘見車輪死，半恨無心殺伯仁。

——二〇〇八·五·九

先達十八歲生日

七言律詩

十八匆匆白髮絲，人生飲啄復如斯。今朝北國青襟士，昔日東瀛許願池。
豈敢期汝龍鳳子，莫辭立世古松姿。舉杯送爾伸飛翅，老父殷殷賦此詩。

——二〇〇八・六・四

湘儒生日有感

七言律詩

許願三回紅燭前，又逢生日憶當年。小姑生世為孤伴，大妞得天原偶然。
自古平凡多幸福，知汝良善在心田。惟祈事事無絲愧，老父天天帶笑眠。

——二〇〇八・六・一六

女冠子 憶亡兄

宋詞

六月廿九，正是返鄉時候。憶前宵，指點銀川際，徘徊北斗遙。　異鄉留浪客，鵬鳥待雲霄。腸斷人初渡、奈何橋。

——二〇〇八．七．八

回許建立文章〈太太不在家時〉

七言絕句

竹馬青梅素手牽，結縭四十苦甘年。人生至此求何物？來世夫妻不羨仙。

——二〇〇八．九．二七

覆陳招雲

五言絕句

半百多零落，無餘但一身。常遊仙跡道，今後遇君頻。

——二〇〇八．九．二八

江亭怨 憶亡兄

宋詞

樓外蕭蕭夜雨，樓內霧香雲縷。冉冉黯魂銷，此地情牽無數。
幾度西樓暢聚，幾度平生相許。點點化詩痕，腸斷暝天欲曙。

——二〇〇八．九．二八

又華生日快樂

七言絕句

萬里繫身滄海東，蓬萊近日起秋風。未知紅燭今何願？但許故鄉今古同。

——二〇〇八．一一．一五

寄巴黎留學李山明

七言絕句

生似飛鴻踏雪泥，偶然駐足法蘭西。海天壯闊閒雲淡，驚豔花都客欲迷。

——二〇〇八·一二·一

寄先達十九歲生日快樂

七言絕句

萬里行難繫客舟，今年不復舊城遊。飛詩寄語凌雲志，逐浪天涯海上鷗。

——二〇〇九·六·三

聞陳淑美副局長為花蓮縣府服務

七言絕句

智慧領航三十年，蔚為今日百花妍。飄然老友南山去，長憶當時草律篇。

——二〇一〇·五

聞何鈺璨副組長退休

七言絕句

送迎總是多惆悵，鈺璧惟憐失去時。璨爛智財今錦簇，君曾長寄寫相思。

——二〇一一．八．一三

釵頭鳳 賀台灣文化法學會成立五週年

宋詞

青襟苑，情非淺，志耘文法齊相勉。千勞怨，殷殷勸。云何辛苦，只因鄉土。戀！戀！戀！

絃歌喚，空階滿，五年攜手堪歌管。朝初轉，嫌春短。祈吾邦國，富而多翰。盼！盼！盼！

——二〇一六．五．八

送修貞同學遠行

七言絕句

四十別離杳渺音，一期一會惜當今。天涯此去希珍重，漸遠年華念更深。

——二〇一六・一一・一二

與大學同學聚於福華

七言絕句

相聚福華猶憶筵，又聞今夜月圓天。白宮川普非身事，樽酒清風老友前。

——二〇一六・一一・一四

感謝莊國明兄賜贈同學會光碟

七言絕句

四十同窗憶舊朋，福華百合貌相仍。國明妙手情誼重，剎那相逢化永恒。

——二〇一六・一二・六

賀王勝彥兄娶媳

七言絕句

昔時落魄會相逢，舊話當年憶幾重。四十匆匆流水去，喜聞貴子已成龍。

——二〇一六・一二・六

頌強道會

七言絕句

週末閒餘上草山，匆匆廿載未交班。緣何難捨玉瀧谷？老友清茶獨得攀。

——二〇一六・一二・九

強道會戲詩

七言絕句

各方英傑聚相知，強道風流欲問詩。若得王君些垂念，草山傳說寄何遲？

——二〇一六・一二・一二

答莊國明兄

七言絕句

淡水悠悠自在流，當年激濁夢中休。同窗若問余何物？歷盡滄桑一老頭。

——二〇一六．一二．一二

八卦樓

七言絕句

八卦山頭八卦樓，同窗欲覓舊時遊。勸君留待晴時見，風物幽幽宿雨收。

——二〇一六．一二．一二

送王耀輝兄

七言絕句

長羨身居國要津，周遊四海五湖巡。讀書萬卷如何似？萬里飛鴻覽物新。

——二〇一六．一二．二〇

送黃漢雄兄

七言絕句

快樂人生何處尋？漢雄身在最開心。高歌談笑微酣處，素料葷粥兩不禁。

——二〇一六・一二・二二

強道會合照

七言絕句

野菜山雞滿漢筵，平安夜裡慶團圓。緣何今日長留照？強道玉瀧廿五年。

——二〇一六・一二・二四

二〇一六年歲末強道會聚餐

七言絕句

強道年終過尾牙，草山瀧谷是吾家。寒天飯足聊風雅，五十文山包種茶。

——二〇一六・一二・三一

二〇一六年華山

七言絕句

丁酉聞雞展霸圖，華山笑傲逐江湖。憑君天道酬勤意，料得來年共酒壺。

——二〇一七・一・七

寬心園盛宴

七言絕句

丁酉雞年早歲天，寬心園裡慶團圓。榮寬伉儷情誼重，流水珍饈滿漢筵。

——二〇一七・一・一五

二本松家族聚會合照

七言絕句

迢遞年華歲月增，參差輩份幾多層。本松家族今相聚，剎那相逢化永恒。

——二〇一七・一・一五

寬心園外仙境

七言絕句

今日春氛百世無，寬心園外景難圖。氤氳暮靄如仙境，滄海茫茫天一隅。

——二〇一七．一．一七

明宛生日快樂

七言絕句

明鏡高懸三十年，宛如萬重責扛肩。快心稱意今歸隱，樂日山間夜好眠。

——二〇一七．二．六

悼劉振強先生

七言絕句

辭別劉公方數年，驚聞長者已長眠。痛哭出版長城破，永記台灣一大賢。

——二〇一七．二．九

送郭毓洲

七言絕句

生似明星貌逸群，開庭恐惹粉絲軍。幸在大理深侯院，宗卷如山半夜勤。

——二〇一七・二・一二

悼黃易

七言絕句

奇玄幻易樂無窮，網路鋒爭決雌雄。俠者今朝何處去？凌天渡宇碎虛空。

——二〇一七・四・一三

賀何恭上老友八十華誕

七言律詩

何公八十繫詩篇，強道群英賀誕年。獨羨一生齊雨露，從來半世滿銀錢。
文章點點添名著，兒女紛紛胥象賢。五子登科今典範，來年百壽更瓊筵。

——二〇一七．七．五

悼大學同學徐美新女士

七言律詩

死別生離莫可施，美新辭世最嗟咨。同窗四載曾鄰座，畢業近年多語詞。
半世持家垂典範，一生照務追邦師。憑君無憾人間世，極樂彌陀菩薩姿。

——二〇一八．三．五

賀同窗蔡崇義擔任監委

七言律詩

欣聞崇義任新官，二十同窗共聚歡。自古柏台黔首望，從來惡吏錯根盤。
於今耳順餘何憾？猶有心紘尚未彈。點綴小詩聊代酒，寄君獻手靖朝安。

——二〇一八．四．二九

二〇一九年二本松家族聚會

七言律詩

秋來春去似離弦，已亥豬來又一年。猶似寬園前日聚，幸逢二本此朝圓。
丸田天狗當年話，公館蘭亭滿漢筵。世代張家枝葉落，銜杯禱祝子孫賢。

——二〇一九．二．五

賀政峰、怡貞結婚

七言律詩

桃李相逢十載前，喜聞今日締良緣。嬌妻性慧心純善，夫婿才聰貌朗然。
莫記雙雙知律法，從來款款譜絲絃。銜杯不捨怡貞嫁，只望政峰多恤憐。

——二〇一九・四・一〇

line上與諸友拜年

七言律詩

鼠年生肖屬頭天，今日新春特拜年。為報平時逢聚少，先祈諸友壽康綿。
匆匆歲月人增歲，絮絮諸緣歲入緣。稽首遙天風雨順，春花開盡綠江前。

——二〇二〇・一・二五

賀榮瑞七十大壽

七言律詩

人生七十夢悠悠，幾度歡欣幾度秋。年少家貧軍旅渡，壯中途遠宦門留。
艱辛晚境愁多病，爛漫山花伴老叟。子肖妻賢餘何恨？且歌且醉漫行舟。

——二〇二〇・五・一七

賀政峰、怡貞誕千金彌月之喜

七言絕句

語晞出世願清圓，彌月周知糕代筵。寸照一張憑見證，夫妻攜手共雲天。

——二〇二〇・八・一二

劉國松教授被誹謗三審定讞（一）

七言絕句

一代大師霜雪清，流言襲畫忒無情。推官三審詳斟後，止謗停紛不費聲。

——二〇二〇・八・二四

劉國松教授被誹謗三審定讞（二）

七言絕句

人生幾度俟河清，五載訟爭終得情。士子惜名如白鶴，雲霄展翼唳高聲。

——二〇二〇・八・二五

劉國松教授被誹謗三審定讞（三）

七言絕句

因君付託洗冤清，累牘三更辨案情。五載栖栖終不負，北辰平日舊名聲。

——二〇二〇・八・二六

卷二

天地悠悠

人生慨嘆
讀書感想

漁歌子 讀史

宋詞

讀奇書，懷往古，紅花綠葉濃凝處，木屋藏，名士住，一代奇人潛伏。
子房出，諸葛復，安平天下群魔舞？盡奇學，除暴侮，欲立天心毋負。

——一九七四·四·二七

滿江紅 秋懷

宋詞

細柳秋風，殘月照、銀鞭輕舞。憶幾許、昔年秋色，曠庭閒步。缺月殘河
堪儆古，唐虞文武今何處？恨蒼天、太造弄吾人，朝即暮。　集聖智，橫

今古，展奇術，伊甸路，欲跨空征月，窺嫦娥住。百歲人間煙似縷，千秋萬古名何處？嘆浮生、堪閱握奇書，乘風去。

——一九七五・一〇

法曲獻仙音

宋詞

紅日千回，月明依舊，不盡悠悠春水。愛玉憐香，漫天花影，風流遍吟佳麗。惜減絕文金榜，遜年少風味。　風雲起，意闌珊、榭紅飛舞，念象管、昔日志空萬里。荏苒廿餘年，恨依然、飄萍浪子。不在功名，盡平生、承先啟世。但少抒微志，毋累浮生悠悠。

——一九八四・六・二七

月下笛

宋詞

萬里飛鴻，橫洋渡海，暮水縹渺。歸心矢矯。問云何、聚時少？人生合散雖常事，怎料是、天涯海角？恨時局波譎，寒風屢送，舊巢歸鳥。　休道、新年好。願日日閒居，素無塵擾。琢磨健筆，細批經史佛老。遍觀宇宙今昔事，游卷裏、沉吟醉倒。道始末、置名山，千載知音待曉。

——一九九九

浪淘沙 寒夜披經

宋詞

寒夜萬籟聲，飄盪心萍。日矜冤訟夜披經。猶論千年陳舊事，痴笑辰星！
無意世間名，只為留情。醉揮仙杖百神迎。但學老君留數語，吟與風聽。

——一九九九・一二・一〇

浪淘沙 尋夢

宋詞

佳句滿詩壇，錦簇花翻，才思化作萬鳴蟬。痴笑月明孤照處，墨客搔殘。
無意世間歡，尋夢衣寬，宿緣須入碧雲端。遙見北辰光落處，天有書傳。

——二〇〇〇・六・三

念奴嬌 召喚

宋詞

前生舊約，問經年何事，長負經卷？夢入仙鄉，漸喚我、故友殷期無限。李杜遺詩，釋莊託簡，丘翟頻邀宴。孫吳執手，盛情輕慢韓管。卻憶仲任風流，潛思著述，衡論千秋短。抱朴羅浮猶入世，漫議郭禰清懶。烈士難尋，深情空負，知命微乎見。臨窗游目，北辰光照庭滿。

——二〇〇〇・六・六

註

李杜：即李白、杜甫。
釋莊：即釋迦牟尼、莊周。喻佛老二教。
丘翟：即孔丘、墨翟。喻儒墨二家。
孫吳：即孫子、吳起。喻兵家。
韓管：即韓非、管仲。喻法家。
仲任：即王充之字，王充著有《論衡》等書。
抱朴羅浮：即晉之葛洪。葛洪著有《抱朴子》一書。葛洪最後隱於廣州附近之羅浮山。
郭禰：即郭泰、禰衡。葛洪評郭泰雖名滿天下，惟「出不能安上治民，移風易俗；入不能揮毫屬筆，祖述六藝」「進無補於治亂，退無跡於竹帛」。又評禰衡「開口見憎，舉足蹈禍。齎如此之技倆，亦何理容於天下而得其所哉？」
知命：孔子曰：五十而知天命。

自在

七言絕句

昔年壯志已塵封，半世逐名半世空。今日始知抬眼望，閒雲睥睨最高峰。

——二〇〇三．七．一九

萬象

七言律詩

弱冠吟鞭法聖賢，咨嗟知命惜華年。紅花綻蕊長追燦，神馬騰空欲逐顛。
吞吐大荒翻怒海，暮朝生死奮鳴蟬。天傾性賦宜酬盡，造化因緣太古前。

——二〇〇三．一二．二〇

無題

五言絕句

草山浮斗酒，吟賦共孤高。遙見群星笑，微酣醉運毫。

——二〇〇四・一・六

無題

七言絕句

今人有惑輒參禪，世事無憂自得仙。古聖栖楻憐黔首，生民順命語涼天。

——二〇〇四・一・六

無題

五言絕句

昨日千峰翠，今朝白雪堆。世湮多幻化，逢酒莫相催。

——二〇〇四・一・一四

無題

七言絕句

昨夜歌筵醉酒濃，紅顏腸斷夢相逢。窗前明月臨江照，古寺清音夜半鐘。

——二〇〇四・一・一八

風雲

七言絕句

莫怨平生未展眉，浮沉認命最宜悲。天生我賦須酬盡，來日風雲孰得知？

——二〇〇四・一・三一

無題

七言絕句

桃花落英和岸沙，相逢萍水處為家。人生原本交悲喜，恰似風雲弄暮霞。

——二〇〇四・三・七

無題

七言絕句

江山逐鹿坐誰先？夕照蓬蒿塚八千。青史和風多化影，萬鈞謗譽傲隨肩。

——二〇〇四・四・二三

憶母

七言絕句

不見慈顏三十年，星辰夜夢到床邊。臨行覆被猶私問，生計還無缺俸錢？

——二〇〇四・五・八

無題

七言絕句

朝露人生誰可窮，來如流水去如風。茫茫原野風呼獵，漠漠江天水映鴻。

——二〇〇四・六・三

鷹雲尋夢

七言絕句

鷹揚萬里自翱翔，雲臥千山泊四方。尋幽天宇登東嶽，夢蝶人生迷老莊。

——二〇〇四．六．七

感懷

七言律詩

奈何生晚三千歲，未與丘莊數子遊。朝暮人生憑月旦，參差歲月信行修。
匡人豈讓斯文喪，椿樹猶懷萬歲秋。誰與彩虹飛妙筆，題詩天宇最高樓。

——二〇〇四．六．二五

感懷

七言絕句

半生拍浪逐風流，轉眼青絲已白頭。逝水如斯能幾許，餘生留醉莫言愁。

——二〇〇四・六・二七

無題

七言絕句

輕舟曾任逐波瀾，歲晚遙飄碧雲端。錯把鄉心留四海，銜杯對月暮風寒。

——二〇〇四・六・二七

心靈故鄉

七言絕句

綿綿青史恨悲涼，滾滾長河出八方。身繫隆情隨故里，心懷經典作新鄉。

——二〇〇四・六・二九

和詩

七言絕句

一生筆墨覓知音，鴻雁空傳迎上賓。雨歇波平紅滿落，三更靜夜四無鄰。

——二〇〇四・七・一五

八卦

七言絕句

莫言八卦打原形，八卦從來象未明。濁水溪流灣港岸，波平風靜月湖清。

——二〇〇四・七・一八

無題

七言絕句

不識山頭不識家，行雲游淺戲浮沙。海天空闊隨留去，幾度飛紅幾度花。

——二〇〇四・七・二〇

聞道

七言絕句

花開萬艷欲題詩，果透千枝莫摘遲。胸蘊古今思緒滿，明朝錦繡顧生姿。

——二〇〇四・七・二五

無題

七言絕句

生生死死本由天，金殿榮華半偶然。熱血男兒真性在，行藏天地理為先。

——二〇〇四・七・二七

族群

七言絕句

分段死生誰我真，昨天今日不同身。星河遼闊無邊際，百億生靈俱故人。

——二〇〇四・七・三一

千尋

七言絕句

桂魄斜窗漏五更，醉披黃卷覓鯤鵬。踏波千仞寒高處，大道欣然入室登。

——二〇〇四・八・三

感懷

七言絕句

天無私覆八荒吞，人偶崢嶸得感恩。飲啄浮沉疑有數，乖逢本是悟之根。

——二〇〇四・八・二〇

望海

七言律詩

大化三千色與空，東風吹綠百花紅。因緣和合身難得，世事無常意不窮。
梁夢人生眠夕異，秦時明月照今同。長歌一曲餘音澈，迴入蒼穹碧海中。

——二〇〇四．一二．一三

晨思

七言律詩

生命從來堪自足，平明身醒謝諸恩。金光紫氣薰神骨，玉露醍醐灌小園。
載覆無私天地色，浮沉有浪性海魂。莫疑造化無情意，虛夜楓橋月有痕。

——二〇〇四．一二．一四

緣遇

七言律詩

因緣曼妙藕絲連，相聚今朝豈偶然。三世前生無復憶，千杯上酒好相傳。
若無先祖承餘蔭，莫對兒孫贈萬錢。曾共長天何彼此，百年墟里草含煙。

——二〇〇四．一二．二二

註

愛爾蘭的物理學家貝爾（John Bell）在「量子連續」中說：「當兩個粒子作過短暫的接觸後，它們間即產生一種永久的連繫，兩個粒子各在對方裡面留了一些東西。」

天才適所

七言律詩

龍行虎步意非凡，龍有行雲虎有山。玉骨梅姿吟雪傲，萬紫花發趁春還。
四時迢遞巡往復，萬物參差各列班。自古青雲問何在，宜材適所自高攀。

——二〇〇四．一二．二九

寄語

七言律詩

青春年少苦難求，江水滔滔不繫留。好運分明酬進取，擔心什九是空憂。
順緣感遇添增上，逆境從容得自由。不讓人生空寂寞，載歌載鼓怒行舟。

——二〇〇四．一二．三〇

誓願

七言律詩

娑婆世界最多情，月夜松濤不住鳴。玉鏡平湖雲競相，天涯幽谷雁留聲。
春臨百花衣著色，雨灑紅塵淚先橫。傳說輪迴依誓願，人間無限寄來生。

——二〇〇四．一二．三〇

樂觀人生

七言律詩

千山疊嶂各參差，崖轉峰迴道路開。我愛世人人愛我，心期好運運期來。且懷夢想乘風醉，不負天生濟世才。應記青雲多喜樂，翱翔白鷺正悠哉。

——二〇〇五．一．二

芥子有情

七言律詩

我本洪荒一粒塵，歷經千劫化成身。性空色相雖行幻，五蘊虛觀乍作真。湛寂原鄉迴宇宙，多情風月寄斯人。殘星幾點寒窗夜，無限相思入夢頻。

——二〇〇五．一．五

冬夜讀書

七言律詩

雪月西窗映鬢殘，三更舒卷不知寒。悠悠銀漢誰窮落，短短人生待盡觀。
身後浮名非我有，債還今世共歲闌。此朝此夕分分惜，無掛無牽日日歡。

——二〇〇五・一・一二

菩薩願

七言律詩

千年勳跡欲論功，異代英豪傳記中。陳涉庸耕鴻鵠志，劉邦竊慕帝王風。
丈夫信志全功業，浴日無心半江紅。今世風流還逐鹿，慈悲喜捨萬方同。

——二〇〇五・一・一五

隨緣自足

七言律詩

人生在世究何求？試問青雲萬戶侯。爛漫盛名垂宇宙，淒涼心事似霜秋。
千從錦玉歸朱戶，碧野繁花鎖翠樓。造化公平無貴賤，隨緣自足大江流。

——二〇〇五．一．一七

至愛無酬

七言律詩

慧日心寬萬象明，春風身暖八方迎。人生自古誰無死，典範遺今即永生。
大愛周施天地在，浮雲淡對世間名。紅塵歲月宜輕品，好謝千秋造化情。

——二〇〇五．一．二一

禪眠

七言律詩

平明身醒試行修，攤臥方床萬緒收。陽氣絲流勻八脈，念波震盪舞丹球。
諸天十界餘遊子，碧海千濤一扁舟。真幻人生應費解，莊生蝶夢入寒樓。

——二〇〇五・一・二九

夢馳

七言律詩

身似牢籠夕夢長，神魂飛渡月邊鄉。馳驅碧海長鯨躍，摩蕩青冥彩鳳翔。
北斗清光星閃爍，西天紫氣宇蒼茫。人生苦恨春宵短，日未從容夜亦忙。

——二〇〇五・一・三一

沙漏

五言絕句

春秋原往復，四季遞循環。生命如沙漏，長流水細潺。

——二〇〇五・二・四

專注

五言絕句

人生如轉木，磨久火生燃。十載千秋業，堂檐滴石穿。

——二〇〇五・二・四

寂靜涅槃

七言律詩

朝暮人生未百年，閒忙乍似活三千。季倫不惜真珠玉，孝武屢尋溟海仙。
寂寞胸懷空意氣，紛紜世事故依然。賢愚身後皆丘土，清濁江河盡海煙。

——二〇〇五・二・四

生之旅

七言律詩

海曙雲霞踏日征，千山萬水際天行。此番路客禪心悅，閒卻衣囊瘦馬輕。
月滿花紅雖乍景，橋流水靜有餘情。江湖倦罷思歸日，故舊慇懃設宴迎。

——二〇〇五・二・一〇

流水知命

七言絕句

半百死生頻問由，經書七尺待精修。當年夫子知天命，江水洶洶晝夜流。

——二〇〇五・二・一三

餘生天命

七言絕句

浮沉千里久翱翔，山色楓紅更夕陽。鴻雁無心如欲問，餘生天命只文章。

——二〇〇五・二・一三

詠斯賓諾沙

七言絕句

謀道君子不積財，千金散盡還復來。稻樑磨鏡文章業，今古斯人獨智哉。

——二〇〇五・二・一九

不朽

七言絕句

生求不朽古先賢，立德立功還立言。事蹟千年難解貌，體質散落幾人全？

——二〇〇五・二・二〇

常思

七言絕句

快樂人生何處尋？常思一二自開心。世間八九不如意，月滿春江照古今。

——二〇〇五・三・九

上醫醫國

七言絕句

魯迅從文求上醫，孫文宦海為民饑。奈何今日青襟志，一世師爺是最宜。

——二〇〇五・三・一七

當下

七言絕句

馳逐青春憶少年，更懷夢想向雲天。淘淘逝水悠悠盡，此刻相隨兩繫肩。

——二〇〇五・三・一九

情趣

七言絕句

人生在世半由天，得意須歡莫絕絃。曠宇無窮堪究竟，願君衰朽惜殘年。

——二〇〇五・三・一九

心繭

七言絕句

春蠶破繭化飛蛾，士卒縱橫必過河。大化三千何處有？胸中無礙見聞多。

——二〇〇五・三・一九

追夢

七言絕句

秋江離別莫含悲，莽莽征塵載夢隨。聚散無常花綻落，彩霞天際塞風吹。

——二〇〇五・三・一九

無心自在

七言絕句

飄飄蛺蝶醉西東，無計撲追笑逐空。人生自在何時有？無欲無心浴日紅。

——二〇〇五・三・一九

心盾

七言絕句

金戈鐵馬戰邊荒，重盾銀盔身亦傷。世間何物還堅禦？我執寒心萬載霜。

——二〇〇五・三・一九

在行

七言絕句

少年謀事自何方？十載寒窗大學堂。遍試周身無巧手，可憐空讀紙文章。

——二〇〇五・三・一九

生夢

七言絕句

閒來無事不悠閒，轉眼淒涼已百年。君子云何生豹虎？人間有夢問雲天。

——二〇〇五・三・一九

進退

七言絕句

船過黑水不留痕，無有嫌言只記恩。叱吒風雲緣際會，退身猶自菩提門。

——二〇〇五・三・一九

寵辱之間

七言絕句

風生談笑略無慚，失意昂頭傲骨含。幸躍龍門宜惜寸，偶逢故舊只閒諳。

——二〇〇五・三・二六

買鞋

七言律詩

細選精挑鞋一雙，共相路遠歲華長。身嫌生矮宜高墊，行欲催頻備苦嘗。悔我輕盈能俗耐，不曾自在意飛揚。只今閱盡千山色，適履猶須最費量。

——二〇〇五・三・三〇

植愛

七言絕句

苦久愁雲世事霜，只因妒恨自壺觴。揖門迎愛穿心入，萬里晴空浴暖陽。

——二〇〇五・三・三一

鑄心

七言絕句

性命雙修百不侵，淘淘濁世嘆登臨。莫邪干將今何在？邦國投身為鑄心。

——二〇〇五・三・三一

筆記

七言絕句

春去秋來又歲除，寒窗十載問何如？群經閱遍年華盡，片字未留空讀書。

——二〇〇五・三・三一

棋子

七言絕句

幻化人間似局棋，因緣聚合各東西。士車兵馬未身主，莫若將軍飛馬蹄。

——二〇〇五・四・一

三省吾身

七言絕句

忠信曾參耀孔門，三千弟子略稱尊。區區一日持三省，細細涓流點點痕。

——二〇〇五・四・五

著書與註書

七言絕句

古來著述大江沙，不朽立言催歲華。堂前鸚鵡雖情悅，未若荒煙有暮鴉。

——二〇〇五・四・五

閒忙

七言絕句

紅塵半百入煙霞，葉落悠閒感歲華。蝶飛自在春風舞，猶自徘徊枝上花。

——二〇〇五・四・五

憂鬱

七言絕句

千般拂逆拍天流，百事無聊似九秋。金樽半醉虛窗夜，明月雲高笑白頭。

——二〇〇五・四・九

象水

七言絕句

兵形象水善攻堅，光武陰柔上九天。誰信留侯生貌秀，計安漢業醉林泉。

——二〇〇五・四・九

過客

七言絕句

溫城萬里效三遷，只盼寒門出聖賢。兒女長成皆過客，徒留老伴度殘年。

——二〇〇五．四．一〇

無題

七言絕句

登山不畏倚高寒，意氣平生即涅槃。萬里長風飛玉馬，大荒吞吐盡須歡。

——二〇〇五．四．一一

無題

七言絕句

富貴雙全百代賢，娑婆世界幾人圓？半生自在半生苦，半事由人半聽天。

——二〇〇五．四．一二

聽心念治百病演講

七言絕句

一場大病不虛行，此後天涯無限情。萬象從容何惜死，珠璣已悟更長生。

——二〇〇五・四・一四

星凝

七言絕句

人事滄桑今古同，無垠瀚海宿星空。牢愁記得須留意，明日春花爛漫紅。

——二〇〇五・四・一六

心痕

七言絕句

天懸日月照乾坤，些許嫌猜莫種根。滾滾大江奔海逝，孤帆千里水無痕。

——二〇〇五・四・二一

生之迴舞

七言律詩

閱盡前生入大千，飄零半百到天邊。扁舟拍浪濛濛霧，滄海凌波步步蓮。
秋夢幾回思往事，詩書餘韻趁流年。只今俯拾須情悟，身後輪迴好續緣。

——二〇〇五．五．八

化境

七言絕句

山光雲影入平湖，天地梳妝拭眼珠。醒醉人間皆化相，周鄰神色鏡中吾。

——二〇〇五．五．一五

點絳唇　餘生

宋詞

年少輕狂，長楊紫陌花間住。翠峰多露，儒冠今生誤。　雲海蒼茫，回首斜陽暮。山如故，此心休訴，煙水南山路。

——二〇〇五・六・一九

夢憶

七言絕句

憶載魂飛一粒塵，悠悠歲月煉成身。當年隱約曾輕諾，彩翼迴空喚故人。

——二〇〇五・六・二三

聽李豐演講錄音帶

七言絕句

負笈天涯逢病欺，去來萬里訪名醫。千山踏遍秋風後，人本自然方不疑。

——二〇〇五・七・一八

識機

七言絕句

人獸相殊有幾稀？世多狼狽著朱衣。只求格物窮造化，自性愚痴不識機。

——二〇〇五・八・五

冷暖人生

七言絕句

冷暖金樽飲自知，勸君月滿近春池。何須蕭瑟秋風日，辛苦悲歌強屬詞？

——二〇〇五・八・二五

理想

七言絕句

心生萬法豈難哉？三日東風扇借來。四海靖平非是夢，由來心死最堪哀。

——二〇〇五・一一・二六

際遇

七言絕句

越女玉顏天下名，吳宮傾國愧公卿，可憐西子當年伴，沙浣江頭寄此生。

——二〇〇六・一・二八

心耕

七言絕句

人生在世問無虧，日日心耕事莫違。八萬法門方寸在，紅塵遍撒醉中歸。

——二〇〇六・二・二四

謀醉

七言絕句

朝暮人生語問誰？千坯黃土夕陽暉。一朝客肆逢知己，載酒江湖去不歸。

——二〇〇六．三．三

無題

七言絕句

西向多山東向春，三衰六旺問星辰。天羅佈局原偏愛，快意紅塵作旅人。

——二〇〇六．三．九

感懷

七言絕句

人生體健最須歌，長壽纏綿又奈何。恩怨從來空算計，墟丘十里貴人多。

——二〇〇六．四．一一

自處

七言絕句

茫茫人海灑紅塵，羈泊天涯寵辱身。零落知交愁客夢，醒來最怕對吾真。

——二〇〇六・四・一九

近日雜感

七言絕句

平安順遂即須歌，富貴榮華又若何。百歲匆匆終獨去，茫茫人海寂無波。

——二〇〇六・五・一

無題

七言絕句

紅塵滾滾漫乾坤，何處桃源隱逸村？自在心中無寵辱，長楊紫陌有荊門。

——二〇〇六・五・八

無題

七言絕句

河流大海雨流溪，萬物參差未略齊。料得春風猶興緻，逐雲一片任東西。

——二〇〇六・五・一〇

知命

七言絕句

浮江任浪歷霜秋，冷看千舟萬里流。不惑不憂兼不懼，達人知命水悠悠。

——二〇〇六・五・一五

私心斷壽，無我永生

七言絕句

生如臘炬莫傷悲，火火相傳塵與灰。龍鳳九霄長醉嘯，為招銀漢夜低迴。

——二〇〇六・六・一〇

擁有

七言絕句

誰言人世不公平，貧有真誼富妒爭。自古頻逢痴俗客，賣身為買一時名。

——二〇〇六・六・一四

無題

七言絕句

縮食節衣無怨尤，為兒萬丈起高樓。老翁野陌禾鋤作，明日露餐猶費愁。

——二〇〇六・八・二

歸依

七言絕句

瀟灑人間來去回，一朝緣盡此身隨。春江脈脈長天去，縷縷相思柳岸垂。

——二〇〇六・八・二二

情痴

七言絕句

紅塵歲月本風波，過隙人生更奈何！富貴榮華如竊慕，誰能倖免作飛蛾？

——二〇〇七・一・八

無題

七言絕句

莫道人間無彩蓮，憑君隻手可擎天。若能為世留情義，豈捨區區二十錢？

——二〇〇七・一・二七

婚姻外遇

七言絕句

一朝夫婦百年修，仍似長江獨葉舟。莫恃張帆風順滿，狹灣湍急使人愁。

——二〇〇七・四・一五

感懷

五言絕句

河漢醉遐思，嫦娥費寄詞。大千猶幻夢，明月亦如斯。

——二〇〇七・六・三

感懷

七言絕句

少年何事帶千憂？幻化紅塵逐海流。若得清風雲散去，一輪明月上西樓。

——二〇〇七・六・二四

無題

五言絕句

區區語未和，不惜動干戈。寧願千金散，人生奈幾何！

——二〇〇七・七・五

子女與學生

七言絕句

髮膚身體受于天，性格相投是偶然。獨恨堂親才未識，無寧大化覓師緣。

——二〇〇七・一〇・一二

眾樂樂不如獨樂樂

七言絕句

少時下海跨長鯨，贏得江湖浪盪名。龍虎風雲非本色，願為閒客獨閒行。

——二〇〇八・二・二八

教子

七言絕句

生兒容易豈唯安？苦口婆心教子難。天下橫行諸惡犯，當年皆是母心肝。

——二〇〇八・三・三〇

迴

七言絕句

春夏秋冬四季輪，老生病死本吾身。杯前有酒當須盡，莫學夷齊避世人。

——二〇〇八・四・二八

斷而取行，鬼神避之

七言絕句

壘胸劉項恨浮沉，初見秦王志氣深。命運從來疑帝女，英雄機斷擄芳心。

——二〇〇八・四・三〇

熱愛

七言絕句

乾坤朗朗合須行，日照晴空萬里明。但使心中無遮物，遠山含笑世含情。

——二〇〇八・四・三〇

無題

七言絕句

天似生留宿命篇，家和福壽幾人全？夫妻前債非償盡，來世輪迴復亦然。

——二〇〇九・四・三

五子俱在與五子登科

七言絕句

一壺老酒尚餘錢，山水煙霞醉忘年。老健老妻加老友，天堂莫去願人間。

——二〇〇九・四・一一

無題

七言絕句

春夜徘徊風味多，一湖明月漾清波。路人聞簫嫌聲怨，墨客聽來絕世歌。

——二〇〇九・四・一七

無題

七言絕句

少年十八志雲深，八十耄齡路莫尋。慨嘆人生愁四苦，何如明月撫絃音。

——二〇一七・一・一三

無題

七言絕句

天地人間幾度秋，萬頃一葦逐江流。紅塵煩事何須意，夕色金陽難久留。

——二〇一七・一〇・一四

讀史

五言絕句

寂寞孤燈夜，簾前月半明。浮沉多少事，天地一書生。

——二〇〇三·八

讀史記伯夷列傳

五言律詩

孔聖罕言命，伯夷餓首陽。貞觀曾大治，儒法見良方。
因果非關業，義行豈可藏。人人依果報，盜蹠亂天常。

——二〇〇三·八·二四

讀洛陽伽藍記有感

七言律詩

吁噫唏乎危壯哉，浮圖玉剎入雲台。重樓繡殿高千尺，金像珠光炫日猜。
寶鐸含風天外響，豪奢萬戶盡施財。沙彌錦被三竿照，猶夢世尊持缽來。

——二〇〇三・八・二六

註

楊衒之《洛陽伽藍記》對洛陽之寺廟多有記載，尤其是永寧寺。此詩主要是在寫永寧寺，而兼論今。吁噫唏乎危壯哉，是來自李白的〈蜀道難〉。第二、三聯，都是來自《洛陽伽藍記》的序和對永寧寺的介紹。至於世尊持缽來，是來自《金剛經》開頭。

讀楞嚴經有感

七言古詩

經載佛身為法身，道傳依法不依人。世尊指月傷孤月，俗眾供僧轉法輪。色見如來俗見佛，聲求菩薩道蒙塵。可憐武帝積功德，困餓台城泣直臣。

——二〇〇三・八・二七

註

1 經載佛身為法身，道傳依法不依人：見法即見佛，為未來佛教的方向。佛身者法身也，為《維摩詰經》所言。

2 世尊指月傷孤月，俗眾供僧轉法輪：世尊指月來，來自《楞嚴經》卷二：「如人以手指月示人，彼人因指當應看月。若復觀指以為月體，此人豈唯亡失月輪，亦亡其指。」另龍樹《大智度論》卷九亦說：「如人以指指月，以示惑者。惑者視指而不視月。……此亦如是，語為義指，語非義也。」

3 色見如來俗見佛，聲求菩薩道蒙塵：此來自《金剛經》：「若以色見我，以音聲求我，是人行邪道，不能見如來。」（第二十六分）

4 可憐武帝積功德，困餓台城泣直臣：此來自《資治通鑑》。侯景叛變，梁武帝餓死台城。

讀幽夢影

七言古詩

寺庵寶剎繞千山，景勝巒幽綠水彎。何事禪修門拒閉，張潮夢影憩荊蠻。
梨州廢寺來書院，摩詰深心有道觀。舍利猶在林宴坐，痴翁仰盼鳥知還。

——二〇〇三・八・二八

註

1 詩中的第一段，主要來自張潮在《幽夢影》一書中說：「予嘗謂二氏不可廢，非襲夫大養濟院之陳言也。蓋名山勝景，我輩每思蹇裳就之，使非琳宮梵剎，則倦時無可駐足，飢時誰與授餐？忽有疾風暴雨，五大夫果真足恃乎？又或邱壑深邃，非一日可了，豈能露宿以待明日乎？虎豹蛇虺，能保其不為人患乎？又或為士大夫所有，果能不問主人，任我之登陟憑弔而莫之禁乎？不特此也，甲之所有，乙思起而奪之，是啟爭端也；祖父之所創建，子孫貧，力不能修葺，其傾頹之狀，反足令山川減色矣。然此特就名山勝境言之耳。即城市之內，與夫四達之衢，亦不可少此一種。客遊可作居停，一也；長途可以稍憩，二也；夏之茗、冬之薑湯，復可以濟役夫負戴之困，三也。凡此皆就事理言之，非二氏福報之說也。」（第七十六篇）

2 梨洲廢寺來書院：來自黃宗羲在《明夷待訪錄》一書中說：「學宮以外，凡在城在野寺觀庵堂，大者改為書院，經師領之；小者改為小學，蒙師領之；以分處諸生受業。其寺產即隸於學，以贍諸生之貧者。」（學校篇）黃宗羲曾研讀佛家、道家之學，卻主張將天下寺廟、道觀改為學校。其主張雖然極端，原因卻值得天下佛門中人深思。

3 摩詰深心有道觀：來自《維摩詰經．菩薩品》云：「直心是道場，無虛假故；發行是道場，能辦事故；深心是道場，增益功德故；菩提心是道場，無錯謬故；布施是道場，不望報故；持戒是道場，得願具故；忍辱是道場，於諸眾生心無礙故；精進是道場，不懈退故；禪定是道場，心調柔故；智慧是道場，現見諸法故；慈是道場，等眾生故；悲是道場，忍疲苦故；喜是道場，悅樂法故；捨是道場，憎愛斷故。……眾生是道場，知無我故；一切法是道場，知諸法空故。……如是，善男子。菩薩若應諸波羅蜜教化眾生。諸有所作，舉足下足，當知皆從道場來，住於佛法矣。」

4 舍利猶在林宴坐：來自《維摩詰經．弟子品》，舍利弗在林中宴坐樹下被維摩詰呵斥。《六祖壇經．定慧品》謂：「有人教坐，看心觀靜，不動不起，從此置功。迷人不會，便執成顛。如此者眾，如是相教，故知大錯。」

讀長阿含遊行經

七言古詩

佛將滅渡三復斯，眾有存疑問及時。信法因緣由解惑，涅槃實相智為師。
天人究極偏枯落，苦樂修行失智持。一切應知方得覺，豈徒龍樹笑今痴。

——二〇〇三．九

註

1佛將滅渡三復斯，眾有存疑問及時：來自《長阿含經》的〈遊行經〉中，佛陀於滅度前，佛告諸比丘：「汝等若於佛、法、眾有疑，於道有疑者，當速諮問，宜及是時，無從後悔。及吾現存，當為汝說。」時，諸比丘默然無言。佛又告曰：「汝等若於佛、法、眾有疑，於道有疑，當速諮問，宜及是時，無從後悔。及吾現存，當為汝說。」時，諸比丘又復默然。佛復告曰：「汝等若自慚愧，不敢問者，當因知識，速來諮問，宜及是時，無從後悔。」時，諸比丘又復默然。

2天人究極偏枯落：來自近代中國歷史學者陳寅恪說：「儒者踐形盡性，而其失，流於鄉愿；道家因任自然，而其失，入於荒誕；佛家究極天人，而其失，落於枯寂。千百年來，無人起而救其弊！於是惝怳迷離，無所適從，國運因之而衰。」

3一切應知方得覺，豈徒龍樹笑今痴：龍樹菩薩之《大智度論》第十八卷中說：「菩薩求佛道，應當學一切法，得一切智慧。」龍樹在《菩提資糧論》中說：「佛者，於一切所應知中得覺，此為佛義。」「菩提者，一切智智故。資糧者，能滿菩提法故。譬如世間瓶盈釜盈等，盈是滿義，如是以滿菩提法，為菩提資糧。」

讀長阿含大本經

七言古詩

七佛皆由人母生，飯王摩耶出長鯨。如來人數人間覺，拜佛西方豈竭誠。人世涅槃無差別，真空妙有雪峰晴。波濤海闊憑鯨躍，霄九天高任鳳鳴。

——二〇〇三．九

註

1 七佛皆由人母生，飯王摩耶出長鯨：《長阿含經》的〈大本經〉中謂：「毗婆尸佛有子，名曰方膺。尸棄佛有子，名曰無量。毗舍婆佛有子，名曰妙覺。拘樓孫佛有子，名曰上勝。拘那含佛有子，名曰導師。迦葉佛有子，名曰集軍。今我有子，名羅睺羅。」

2 如來人數人間覺，拜佛天上豈竭誠：《增一阿含經》中佛自謂：「如來亦當有此生老病死，我今亦是人數，父名真淨，母名摩耶。」「可用人間之食用食如來，我身生於人間，長於人間，於人間得佛。」

3 人世涅槃無差別，真空妙有雪峰晴：龍樹在《中論》之〈觀涅槃品〉中說：「涅槃與世間，無有少分別，世間與涅槃，亦無少分別。」「涅槃之實際，及與世間際，如是二際者，無毫氂差別。」

4 波濤海闊憑魚躍，日麗天高任鳥行：「海闊憑魚躍，天高任鳥飛」為禪詩。

讀韓愈左遷至藍關示姪孫湘詩

五言律詩

韓愈潮州貶，空將佛作神。佛圓行覺滿，聖峻德崇仁。
釋教問成佛，儒門禮聖人。聖人天下治，真佛馬蹄塵。

——二〇〇三・九

註

1 韓愈〈左遷至藍關示姪孫湘〉詩云：「一封朝奏九重天，夕貶潮州路八千。欲為聖明除弊事，肯將衰朽惜殘年。雲橫秦嶺家安在，雪擁藍關馬不前。知汝遠來應有意，好收吾骨瘴江邊。」唐憲宗時迎奉佛舍利於宮中，韓愈上表極曰不可，被貶至潮州。唐憲宗及韓愈都將佛當作神，而未解其意。

2 佛圓行覺滿：佛只是圓滿之覺者。

3 聖峻德崇仁：《中庸》第二十七章曰：「大哉！聖人之道！洋洋乎，發育萬物，峻極於天。優優大哉！禮儀三百，威儀三千，待其人而後行。故曰：『苟不至德，至道不凝焉。』」孔子罕言仁，故有至德崇仁之人，其唯聖乎。

4 聖人天下治，真佛馬蹄塵：聖人與真佛，均在使天下治，萬民覺。故風塵僕僕，馬不停蹄，乃聖人與真佛之本色也。

讀史記老子列傳

七言古詩

緣何尹喜索朱丹，函谷關前別亦難。路遠天高沙暴捲，雪晴雲散北風寒。
無煙大漠星河去，獨夢詩樓碧海端。道德五千殘月映，醉吟黃卷久憑欄。

——二〇〇三・一一・二八

註

1 雪晴雲散北風寒：引賈至〈送李侍郎赴常州〉詩。

2《史記・老子韓非列傳》云：老子脩道德，其學以自隱無名為務。居周久之，見周之衰，乃遂去。至關，關令尹喜曰：「子將隱矣，彊為我著書。」於是老子乃著書上下篇，言道德之意五千餘言而去，莫知其所終。

讀隋唐史

七言律詩

自古中原霸四方，連年伐戍憶遼陽。四征高麗亡煬帝，三討蘇文困大唐。
上國虛榮惟信好，生民死別豈憐傷。斑斑青史沉吟罷，兩岸旌旗又繡揚。

——二〇〇三・一一・三〇

註

1 文帝開皇十八年，命漢王楊諒和王世積統水陸軍三十萬討高麗，高麗王見隋大軍已到，雖遣使謝罪，但隋軍因災疫，死者十之八、九。於隋煬帝時，隋又三征高麗，天下思亂。《劍橋中國史》及王壽南所著《隋唐史》，皆謂征高麗是隋亡國之最主要原因。

2 唐太宗時，高麗由泉蓋蘇文主政，太宗以高麗於漢武帝時為中國領土，亦三伐高麗，未成功，人民飽受勞役及苛稅之苦。太宗曾對此嘆曰：「魏徵若在，不使我有是行也。」

讀史記五帝本紀之一

七言律詩

三代唐虞自古欽，陳年舊事豈能尋？試賢妻女何輕率，拔婿為皇費苦心。

舜作儲君猶計害，象收公主竟彈琴。荒謬經史千秋誤，魏晉公侯醉樂吟。

——二〇〇三・一二・二

註

1 舜作儲君猶計害，象收公主竟彈琴：《史記・五帝本紀》：「舜年二十以孝聞。三十而帝堯問可用者，四嶽咸薦虞舜，曰可。於是堯乃以二女妻舜以觀其內，使九男與處以觀其外。」「堯乃賜舜絺衣，與琴，為筑倉廩，予牛羊。瞽叟尚復欲殺之，使舜上塗廩，瞽叟從下縱火焚廩。舜乃以兩笠自捍而下，去，得不死。後瞽叟又使舜穿井，舜穿井為匿空旁出。舜既入深，瞽叟與象共下土實井，舜從匿空出，去。瞽叟、象喜，以舜為已死。象曰：『本謀者象。』象與其父母分，於是曰：『舜妻堯二女，與琴，象取之。牛羊倉廩予父母。』象乃止舜宮居，鼓其琴。舜往見之。象鄂不懌，曰：『我思舜正郁陶！』舜曰：『然，爾其庶矣！』舜復事瞽叟愛弟彌謹。於是堯乃試舜五典百官，皆治。」舜為堯之駙馬賢婿，而舜之父弟竟敢害之，且弟象尚欲收堯之二女為妻，以今思古，此乃無法想像之事。

2 荒謬經史千秋誤，魏晉公侯醉樂吟：陳壽《三國志，文帝紀第二》：「漢帝以眾望在魏，乃召群公卿士，告祠高廟，使兼御史大夫張音持節奉璽綬禪位，冊曰：『咨爾魏王：昔者唐堯禪位於虞舜，舜亦以命禹，天命不於常，惟歸有德。漢道陵遲，世失其序，降及朕躬，大亂茲昏：群兇肆逆，宇內顛覆。賴武王神武，拯茲難於四方，惟清區夏，以保綏我宗廟，豈予一人獲乂，俾九服實受其賜。今王欽承前緒，光於乃德，恢文武之大業，昭爾考之弘烈。皇靈降瑞，人神告徵，誕惟亮采，師錫朕命。僉曰：爾度克協於虞舜，用率我唐典，敬遜爾位。於戲！天之歷數在爾躬，允執其中，天祿永終；君其祗順大禮，饗茲萬國，以肅承天命！』」魏王曹丕之得位，形式上效當年堯舜之禪讓。另陳壽《三國志．三少帝紀第四》：「十二月壬戌，天祿永終，曆數在晉。詔群公卿士具儀設壇於南郊，使使者奉皇帝璽綬冊，禪位於晉嗣王，如漢魏故事。」晉王司馬炎之得天位，形式上亦效當年堯舜之禪讓。

讀史記五帝本紀之二

七言古詩

中國歷史五千年，漫指軒轅是祖先。征戰諸侯封帝業，披山治氣德參天。
尚書獨載唐堯下，五帝難傳孔聖前。華夏咸宗黃帝後，滿蒙回藏誰記憐？

——二〇〇三・一二・三

註

《史記・五帝本紀》：「黃帝者，少典之子，姓公孫，名曰軒轅。生而神靈，弱而能言，幼而徇齊，長而敦敏，成而聰明。軒轅之時，神農氏世衰。諸侯相侵伐，暴虐百姓，而神農氏弗能征。於是軒轅乃習用干戈，以征不享，諸侯咸來賓從。而蚩尤最為暴，莫能伐。炎帝欲侵陵諸侯，諸侯咸歸軒轅。軒轅乃修德振兵，治五氣，藝五種，撫萬民，度四方，教熊羆貔貅貙虎，以與炎帝戰於阪泉之野。三戰，然後得其志。蚩尤作亂，不用帝命。於是黃帝乃徵師諸侯，與蚩尤戰於涿鹿之野，遂禽殺蚩尤。而諸侯咸尊軒轅為天子，代神農氏，是為黃帝。天下有不順者，黃帝從而征之，平者去之，披山通道，未嘗寧居。」「太史公曰：『學者多稱五帝，尚矣。然尚書獨載堯以來；而百家言黃帝，其文不雅馴，薦紳先生難言之。孔子所傳宰予問五帝德及帝系姓，儒者或不傳。』」

讀三國演義劉備征吳有感

七言古詩

蜀主登基即點兵，群臣將相不留行。黃初篡漢輕匡復，飛羽同生重誓盟。百萬親征私雪恨，一江獨塞九幽情。千年詠頌桃園義，萬塚猇亭夜泣聲。

——二〇〇三・一二・五

註

1 蜀主登基即點兵，群臣將相不留行：三國時蜀主劉備登基為帝後，第一件事即為征吳，為關羽、張飛被殺而復仇。孔明、趙雲及群臣相諫不聽，學士秦宓相阻，幾乎被斬，幸賴群臣相救，方改為囚禁。

2 黃初篡漢輕匡復，飛羽同生重誓盟：黃初為魏文帝曹丕篡漢時所改之年號。見《三國志・文帝紀第二》。

3 百萬親征私雪恨，一江獨塞九幽情：《三國演義》第八十三回：「陸遜大隊人馬，將馬鞍山圍住，張苞、傅彤死於據山口。先主（即劉備）遙望遍野，火光不絕，死屍重疊，塞江而下。」

4 千年詠頌桃園義，萬塚猇亭夜雨聲：猇亭即劉備率兵七十餘萬，而被東吳年輕將領陸遜以火攻所敗之所，劉備最後只存百餘人入白帝城，餘皆死散。孫夫人在吳，以為劉備死於軍中，亦投江而死。

讀台灣通史劉國軒列傳

七言絕句

陰退參軍計萬長，天津富貴問施琅。武平何誤東寧祚，把總開門待鄭王。

——二〇〇三·一二·六

註

1 陰退參軍計萬長：連橫《台灣通史》謂：永華為政儒雅轉粟餽餉，軍無缺乏。及經歸後，頗事偷息，而馮錫範、劉國軒忌之。三十四年春三月，請解兵。經不聽，既而許之，以所部歸國軒。台灣省文獻委員會編《台灣史》謂：陳永華之解兵權也，各家所記略同，惟《台灣外記》所記較詳。曰：「馮錫範同鄭經回台，見永華把握重權，而諸事方正敢為；且又屢受微譏，心實忌之，姑為陽好，陰與國軒謀，軒教錫範解除兵權以許之。范許其策善。一日，會永華於公所，范曰：『自愧扈駕西征，寸功俱無，歸來仍居其位，殊覺赧顏！諸凡檢點明白，當即啟辭，杜門優游，以終餘年。』永華信以為實，歸來即上啟乞休，經不允；華再加力陳，經意未決。范乘間啟曰：『復甫（即永華之字）勤勞數載，形色已焦！今欲乞休靜攝，情出於真，宜俯從之！但其所部將士，可交武平伯為是。』經依范議，允永華告辭，將所轄部旅交劉國軒，軒啟辭者再，經命至三，軒始統永華軍，而范錫仍任侍衛如故。華方悟為范所賣，悔無及也，心大悒怏。』」參軍即劉永華。天津富貴問施琅：依台灣省文獻委員會編《台灣史》謂：施琅遣劉國軒舊將至台招撫，許保題國軒現任總兵；國軒遂決計降。鄭氏降後，康熙二十三年三月六日，清廷以劉國軒為直隸天津總兵官。

2 武平何誤東寧祚：劉國軒擁立鄭克塽有功，被晉升為武平侯。鄭成功取代荷蘭人據台後，改台灣為安平鎮，赤崁為承天府，總名東都。在其子鄭經繼立後，改東都為東寧。故東寧為鄭經後之明鄭王朝。

3 把總開門待鄭王：連橫《台灣通史・劉國軒列傳》云：「劉國軒，福建汀州府人也。狀貌雄偉，懷材未遇，為漳州城門把總。永曆八年冬十一月，招討大將軍鄭成功伐漳州，國軒開門迎。」噫哉！國軒可開漳州城門迎鄭，何不可開台灣城門迎清？無國軒、施琅之流，清豈能亡鄭？

讀台灣通史陳永華列傳

七言絕句

亂世開疆佐鄭公，東寧定制萬夫雄。功名矢志追諸葛，青史淒涼少貫中。

——二〇〇三・一二・六

註

1 亂世開疆佐鄭公：陳永華，字復甫，福建同安人。永華聞父喪，即棄儒生無，究心天下事。時成功延攬天下士，接見後，與談時事，終日不倦。大喜曰：「復甫今之臥龍也。」授參軍，待以賓禮。

2 東寧定制萬夫雄：在台灣史上，陳永華的才略、治績與諸葛亮相當。在日人川崎繁樹與野上矯介合著的《台灣史》中，稱陳永華「有經世之才，長於時務。鄭經經營的台灣政策，泰半出於陳永華的方寸之間」。連橫《台灣通史》稱陳永華「開物成務，體仁長人；仿其行事，比之於諸葛武侯」。

3 功名矢志追諸葛，青史淒涼少貫中：陳永華與諸葛亮均有經世之才，均生於亂世，均受知於朝代末的一方之主，所輔主君之後均非賢肖，且二者最後均孤忠而死。然而不同的是，諸葛亮有個千古知音羅貫中，陳永華卻缺乏有生花妙筆、絕世才情如羅貫中的千古知音，所以迄今默默無聞。

讀台灣通史寧靖王列傳有感

七言律詩

國祚興衰託帝聖，襲承明昧倚臣賢。趙高計覆扶蘇位，錫範袍加克塽肩。

千萬艱辛堪託足，一人愚懦即難全。漢軍公伯天朝貴，寧靖妃埋冷月圓。

——二○○三・一二・七

註

1 趙高計覆扶蘇位：《史記・秦始皇本紀》載：始皇惡言死，群臣莫敢言死事。上病益甚，乃為璽書賜公子扶蘇曰：「與喪會咸陽而葬。」書已封，在中車府令趙高行符璽事所，未授使者。……高乃與公子胡亥、丞相斯陰謀破去始皇所封書賜公子扶蘇者，而更詐為丞相斯受始皇遺詔沙丘，立子胡亥為太子。更為書賜公子扶蘇、蒙恬，數以罪，賜死。

2 錫範袍加克塽肩：依台灣省文獻委員會編《台灣史》載，鄭成功螟蛉子克臧剛方果決，撫輯兵民，有乃祖遺風，但為諸公子與權臣馮錫範所深忌。鄭經病不起，授克臧以印劍，請劉國軒與馮錫範輔之，馮錫範陰謀與諸叔殺克臧而立十二歲之克塽。與趙高同出一轍。
3 千萬艱辛堪託足，一人愚懦即難全：依前述《台灣史》：寧靖王知克塽降清，出辭故鄰舊老，及別克塽曰：「承令先祖先尊之庇有年，茲非桂輕爾言別，奈天寬海潤，無可托足，不得不回報高皇，列聖之在天！」另依連橫《台灣通史》謂，克塽立時，年十二，以仲父聰為輔政公。聰貪而懦，軍國大事主於國軒、錫範。
4 漢軍公伯天朝貴，寧靖妃埋冷月圓：明鄭亡後，清授克塽為漢軍公、錫範為漢軍伯。而依《台灣通史．寧靖王列傳》，在明鄭降清後，寧靖王朱術桂與其五妃袁氏、王氏、荷姑、梅桔、秀姐，義不帝清，皆自縊而死。寧靖王葬於竹滬，五妃葬於承天郊外桂子山，台人稱五妃墓。

讀維摩詰經文殊室利問疾品

七言律詩

妙喜莊嚴如妙蓮，閻浮未淨不還天。維摩患疾緣悲智，菩薩行慈未好眠。
身在娑婆思佛土，眼憐世眾病經年。無如幻化千千萬，試渡人間妙喜緣。

——二〇〇三．一二

註

1 妙喜莊嚴如妙蓮：《維摩詰經》云：是時，佛告舍利弗：「有國名妙喜，佛號無動，是維摩詰於彼國沒而來生此。」舍利弗言：「未曾有也，尊！是人乃能捨清淨土，而來樂此多怒害處。」維摩詰語舍利弗：「於意云何？日光出時，與冥合乎？」答曰：「不也，日光出時即無眾冥。」維摩詰言：「夫日何故行閻浮提？」答曰：「欲以明照為之除冥。」維摩詰言：「菩薩如是，雖生不淨佛土，為化眾生故，不與愚闇而共合也，但滅眾生煩惱闇耳。」是時大眾渴仰，欲見妙喜世界無動如來，及其菩薩聲聞之眾。佛知一切眾會所念，告維摩詰言：「善男子，為此眾會，現妙喜國無動如來，及諸菩薩聲聞之眾，眾皆欲見。」於是維摩詰心念：吾當不起于座，接妙喜國鐵圍、山川、溪谷、江河、大海、泉源、須彌諸山及日月星宿、天龍、鬼神、梵天等宮，并諸菩薩聲聞之眾，城邑聚落男女大小，乃至無動如來及菩提樹諸妙蓮華……。爾時釋迦牟尼佛告諸大眾：「汝等且觀妙喜世界無動如來其國嚴飾，菩薩行淨，弟子清白。」皆曰：「唯然已見。」（《大正藏》十四卷五五五頁）

2 維摩患疾緣悲智：《維摩詰經》云：文殊師利言：「如是，居士！若來已更不來，若去已更不去。所以者何？來者無所從來，去者無所至，所可見者，更不可見。且置是事，居士！是疾寧可忍不？療治有損不至增乎？世尊慇懃致問無量。居士！是疾何所因起？其生久如？當云何滅？」維摩詰言：「從癡有愛則我病生；以一切眾生病是故我病，若一切眾生病滅，則我病滅。所以者何？菩薩為眾生故入生死，有生死則有病；若眾生得離病者，則菩薩無復病。譬如長者唯有一子，其子得病父母亦病，若子病愈父母亦愈。菩薩如是，於諸眾生愛之若子，眾生病則菩薩病，眾生病愈菩薩亦愈。」又言：「是疾何所因起？菩薩病者以大悲起。」（《大正藏》十四卷五四四頁）

讀六祖壇經有感（一）

七言絕句

無尾無頭無字名，惠能底事問諸生。禪無宗解須神會，誰與壇經佛性成？

——二〇〇三．一二

註

1 無尾無頭無字名，惠能底事問諸生：《六祖壇經》說：「一日，師告眾曰：『吾有一物，無頭無尾，無名無字，無背無面，諸人還識否？』神會出曰：『是諸佛之本源，神會之佛性。』師曰：『向汝道無名無字，汝便喚作本源、佛性。汝向去有把茆蓋頭，也只成個知解宗徒。』」（頓漸品）

2 禪無宗解須神會，誰與壇經佛性成：依胡適的《神會和尚遺集》，《六祖壇經》是神會所寫。

讀六祖壇經有感（二）

七言絕句

千觀陣陣誦經聲，眾擁名僧古寺行。寒舍書生猶伏案，愁披史簡到天明。

——二〇〇三．一二

註

《六祖壇經》謂：「見聞轉誦是小乘，悟法解義是中乘，依法修行是大乘。萬法盡通，萬法具備，一切不染，離諸法相，一無所得，名最上乘。乘是行義，不在口爭。」（機緣品）

夜讀王充論衡有感

七言律詩

寒夜三更醉月明，神魂入化射長鯨。新衡經史雄渾魄，跡縱千山我獨行。
說日談天昏昧醒，非韓刺孟聖賢驚。半生寂寞惟留卷，萬里幽思萬古情。

——二〇〇三．一二．一二

註

東漢王充的《論衡》一書，凡二十餘萬言，包羅萬象。《漢書．律曆志》謂：「衡者，平也，所以任權而均物，平輕重也。」王充之「論衡」，猶德國哲學家尼采所言，價值重新衡量也。而王充《論衡》卷十一有〈談天篇〉、〈說日篇〉。此二篇批判神話，並反映王充之宇宙觀，故以此二例而說王充窮造化。另卷九有〈問孔篇〉，卷十有〈非韓篇〉及〈刺孟篇〉，此均對古聖有所質疑，以漢之獨尊儒術而有此見識與勇氣，並辭官隱居，閉門謝客，著書立說，真乃「新衡經史雄渾魄，跡縱千山我獨行」也。

讀史記始皇本紀有感（一）

七言古詩

誰云一統是天經？天下歸秦未罷兵。張楚非賢群響應，霸王失義屠咸京。詩書盡棄愚民智，儒術稱尊鎖世英。羅馬帝疆今未解，歐洲豈見雪峰晴？

——二〇〇三・一二・一三

註

1 誰云一統是天經，天下歸秦未罷兵：統一天下乃中國自古以來的政治信仰，然而統一天下，不能解決戰爭問題。秦帝國費盡九牛二虎之力而一統天下。不旋踵天下又亂，一樣生民塗炭。

2 張楚非賢群響應，霸王失義屠咸京：秦朝反秦諸雄首先起義者為陳勝。據《史記・陳涉世家》載，陳勝字涉，於自立為王時，號為張楚。《史記・秦始皇本紀》云：「陳涉，甕牖繩樞之子，甿隸之人，而遷徙之徒，才能不及中人，非有仲尼、墨翟之賢，陶朱、猗頓之富，躡足行伍之閒，而倔起什伯之中，率罷散之卒，將數百之眾，而轉攻秦。斬木為兵，揭竿為旗，天下雲集響應，贏糧而景從，山東豪俊遂並起而亡秦族矣。」「子嬰為秦王四十六日，楚將沛公破秦軍入武關，遂至霸上，使人約降子嬰。子嬰即系頸以組，白馬素車，奉天子璽符，降軹道旁。沛公遂入咸陽，封宮室府庫，還軍霸上。居月餘，諸侯兵至，項籍為從長，殺子嬰及秦諸公子宗族。遂屠咸陽，燒其宮室，虜其子女，收其珍寶貨財，諸侯共分之。滅秦之後，各分其地為三，名曰雍王、塞王、翟王，號曰三秦。項羽為西楚霸王，主命分天下王諸侯，秦竟滅矣。」

3 詩書盡棄愚民計，儒術稱尊鎖世英：前者指秦始皇之焚書坑儒，目的是為了愚民統治；後者指漢武帝之罷黜百家，獨尊儒術，使中國千古文明因而停滯不前。此均在一統而無和平競爭和相互來往情況而產生之現象。

4 羅馬帝疆今未解，歐洲豈見雪峰晴：歐洲如目前仍為羅馬大帝國，仍為黑暗世紀，而無今日之文明，世界文明亦無由而生。

讀史記始皇本紀有感（二）

七言律詩

天地非仁降孽龍，三皇五帝愧無功。浮江欲渡湘山赭，臨海求仙碣石東。偶語詩書皆棄市，獨流黔首起房宮。身亡俱滅千秋笑，風送蓬萊滿碧空。

——二〇〇三・一二・一六

註

1 浮江欲渡湘山赭：《史記・秦始皇本紀》載：始皇還，過彭城，齋戒禱祠，欲出周鼎泗水。使千人沒水求之，弗得。乃西南渡淮水，之衡山、南郡。浮江，至湘山祠。逢大風，幾不得渡。上問博士曰：「湘君何神？」博士對曰：「聞之，堯女，舜之妻，而葬此。」於是始皇大怒，使刑徒三千人皆伐湘山樹，赭其山。

2 臨海求仙碣石東：《史記・秦始皇本紀》云：「三十二年，始皇之碣石，使燕人盧生求羨門、高誓。刻碣石門。壞城郭，決通隄防。」而碣石乃於中國河北省昌黎縣濱海處。

3 偶語詩書皆棄市：《史記．秦始皇本紀》載：丞相李斯曰：「五帝不相復，三代不相襲，各以治，非其相反，時變異也。今陛下創大業，建萬世之功，固非愚儒所知。且越言乃三代之事，何足法也？異時諸侯並爭，厚招游學。今天下已定，法令出一，百姓當家則力農工，士則學習法令辟禁。今諸生不師今而學古，以非當世，惑亂黔首。丞相臣斯昧死言：古者天下散亂，莫之能一，是以諸侯並作，語皆道古以害今，飾虛言以亂實，人善其所私學，以非上之所建立。今皇帝并有天下，別黑白而定一尊。私學而相與非法教，人聞令下，則各以其學議之，入則心非，出則巷議，夸主以為名，異取以為高，率群下以造謗。如此弗禁，則主勢降乎上，黨與成乎下。禁之便。臣請史官非秦記皆燒之。非博士官所職，天下敢有藏詩、書、百家語者，悉詣守、尉雜燒之。有敢偶語詩書者棄市。以古非今者族。吏見知不舉者與同罪。令下三十日不燒，黥為城旦。所不去者，醫藥卜筮種樹之書。若欲有學法令，以吏為師。」制曰：「可。」

4 獨流黔首起王宮：《史記．秦始皇本紀》載：始皇以為咸陽人多，先王之宮廷小，吾聞周文王都豐，武王都鎬，豐鎬之閒，帝王之都也。乃營作朝宮渭南上林苑中。先作前殿阿房，東西五百步，南北五十丈，上可以坐萬人，下可以建五丈旗。周馳為閣道，自殿下直抵南山。表南山之顛以為闕。為復道，自阿房渡渭，屬之咸陽，以象天極閣道絕漢抵營室也。阿房宮未成；成，欲更擇令名名之。作宮阿房，故天下謂之阿房宮。隱宮徒刑者七十餘萬人，乃分作阿房宮，或作麗山。發北山石槨，乃寫蜀、荊地材皆至。關中計宮三百，關外四百餘。於是立石東海上朐界中，以為秦東門。因徙三萬家麗邑，五萬家雲陽，皆復不事十歲。

讀台灣通史施琅列傳

七言絕句

伍員挾怨出昭關，青史千年往復還。一劍一舟偕豎子，施琅薙髮渡台灣。

——二〇〇三・一二・二八

註

1 伍員挾怨出昭關：詳《史記・伍子胥列傳》。

2 《台灣通史・施琅列傳》載：施琅原為鄭芝龍部將，後從鄭成功。年少知兵，恃才而倨。有標兵得罪逃於成功，琅擒治；馳令勿殺，竟殺之。成功怒捕琅，逮其家，殺琅父及顯，顯時為援剿左鎮。琅夜佚，顧四寨環海，無可問渡，匿荒谷中三日，餓且死。適佃兵鋤園，見之，告以故。佃兵聞其才也，飯之。成功購琅急，曰：「此子不來，必貽吾患」，令國中匿者族。琅乃匿佃兵之所部蘇茂家。茂大驚失色，留二日，捕者跡至。茂伏諸臥內，幸無事。顧不可久留，乃假以一舟、一劍、一豎子，夜渡五通，入安平。久之降清，授同安副將，遷總兵。

讀史記留侯世家（一）

七言律詩

穀城山下人寥落，黃石祠旁草木深。尚父兵書量器使，下邳圯上墮鞋尋。
運籌惟帳千秋業，僻穀泉松獨月吟。惆悵帝師今典型，徒餘寸舌逐花深。

——二〇〇三・一二・二九

註

1 穀城山下人寥落，黃石祠旁草木深：《史記・留侯世家》載：子房始所見下邳圯上老父與太公書者，後十三年從高帝過濟北，果見穀城山下黃石，取而葆祠之。留侯死，並葬黃石（冢）。每上冢伏臘，祠黃石。

2 尚父兵書量器使，下邳圯上墮鞋尋：《史記・留侯世家》載：良嘗閒從容步游下邳圯上，有一老父，衣褐，至良所，直墮其履圯下，顧謂良曰：「孺子，下取履！」良愕然，欲毆之。為其老，強忍，下取履。父曰：「履我！」良業為取履，因長跪履之。父以足受，笑而去。良殊大驚，隨目之。父去里所，復還，曰：「孺子可教矣。後五日平明，與我會此。」良因怪之，跪曰：「諾。」五日平明，良往。父已先在，怒曰：「與老人期，後，何也？」去，曰：「後五日早會。」五日雞鳴，良往。父又先在，復怒曰：「後，何也？」去，曰：「後五日復早來。」五日，良夜未半往。有頃，父亦來，喜曰：「當如是。」出一編書，曰：「讀此則為王者師矣。後十年興。十三年孺子見我濟北，穀城山下黃石即我矣。」遂去，無他言，不復見。旦日視其書，乃太公兵法也。良因異之，常習誦讀之。

3 運籌惟帳千秋業：《史記・留侯世家》載：漢六年正月，封功臣。良未嘗有戰功，高帝曰：「運籌策帷幄中，決勝千里外，子房功也。自擇齊三萬戶。」良曰：「始臣起下邳，與上會留，此天以臣授陛下。陛下用臣計，幸而時中，臣願封留足矣，不敢當三萬戶。」乃封張良為留侯，與蕭何等俱封。

4 僻穀泉松獨月吟：《史記．留侯世家》載：留侯從上擊代，出奇計馬邑下，及立蕭何相國，所與上從容言天下事甚眾，非天下所以存亡，故不著。留侯乃稱曰：「家世相韓，及韓滅，不愛萬金之資，為韓報讎強秦，天下振動。今以三寸舌為帝者師，封萬戶，位列侯，此布衣之極，於良足矣。願棄人間事，欲從赤松子游耳。」乃學辟穀，道引輕身。會高帝崩，呂后德留侯，乃強食之，曰：「人生一世間，如白駒過隙，何至自苦如此乎！」留侯不得已，強聽而食。

讀史記留侯世家（二）

七言絕句

朱顏枕畔涕噓圖，未及東園四老夫。世頌留侯安太子，誰憐戚氏趙王誅。

——二〇〇四．一．一

註

1 朱顏枕畔涕噓圖：《史記．留侯世家》載：上欲廢太子，立戚夫人子趙王如意。大臣多諫爭，未能得堅決者也。呂后恐，不知所為。人或謂呂后曰：「留侯善畫計筴，上信用之。」呂后乃使建成侯呂澤劫留侯，曰：「君常為上謀臣，今上欲易太子，君安得高枕而臥乎？」留侯曰：「始上數在困急之中，幸用臣筴。今天下安定，以愛欲易太子，骨肉之間，雖臣等百餘人何益。」呂澤強要曰：「為我畫計。」留侯曰：「此難以口舌爭也。顧上有不能致者，天下有四人。四人者年老矣，皆以為上慢侮人，故逃匿山中，義不為漢臣。然上高此四人。今公誠能無愛金玉璧帛，令太子為書，卑辭安車，因使辯士固請，宜來。來，以為客，時時從入朝，令上見之，則必異而問之。問之，上知此四人賢，則一助也。」於是呂后令呂澤使人奉太子書，卑辭厚禮，迎此四人。四人至，客建成侯所。

2 未及東園四老夫：《史記．留侯世家》載：漢十二年，上從擊破布軍歸，疾益甚，愈欲易太子。留侯諫，不聽，因疾不視事。叔孫太傅稱說引古今，以死爭太子。上詳許之，猶欲易之。及燕，置酒，太子侍。四人從太子，年皆八十有餘，鬚眉皓白，衣冠甚偉。上怪之，問曰：「彼何為者？」四人前對，各言名姓，曰東園公，角里先生，綺里季，夏黃公。上乃大驚，曰：「吾求公數歲，公辟逃我，今公何自從吾兒游乎？」四人皆曰：「陛下輕士善罵，臣等義不受辱，故恐而亡匿。竊聞太子為人仁孝，恭敬愛士，天下莫不延頸欲為太子死者，故臣等來耳。」上曰：「煩公幸卒調護太子。」四人為壽已畢，趨去。上目送之，召戚夫人指示四人者曰：「我欲易之，彼四人輔之，羽翼已成，難動矣。呂后真而主矣。」戚夫人泣，上曰：「為我楚舞，吾為若楚歌。」歌曰：「鴻鵠高飛，一舉千里。羽翮已就，橫絕四海。橫絕四海，當可奈何！雖有矰繳，尚安所施！」歌數闋，戚夫人噓唏流涕，上起去，罷酒。竟不易太子者，留侯本招此四人之力也。

3 世頌留侯安太子，誰憐戚氏趙王誅：《史記．外戚世家》：太史公曰：秦以前尚略矣，其詳靡得而記焉。漢興，呂娥姁為高祖正后，男為太子。及晚節色衰愛弛，而戚夫人有寵，其子如意幾代太子者數矣。及高祖崩，呂后夷戚氏，誅趙王，而高祖後宮唯獨無寵疏遠者得無恙。

讀史記管晏列傳（一）

七言絕句

一匡天下霸齊桓，三戰三逃世道難。鮑叔多知焉洞見，尊王恥德喜曹瞞。

——二〇〇四．一．三

註

1 一匡天下霸齊桓：《史記．管晏列傳》：管仲夷吾者，潁上人也。少時，常與鮑叔牙游，鮑叔知其賢。管仲貧困，常欺鮑叔；鮑叔終善遇之，不以為言。已而鮑叔事齊公子小白，管仲事公子糾。及小白立為桓公，公子糾死，管仲囚焉；鮑叔遂進管仲。管仲既用，任政於齊，齊桓公以霸，九合諸侯，一匡天下，管仲之謀也。

2 三戰三逃世道難：《史記．管晏列傳》：管仲曰：「吾始困時，嘗與鮑叔賈，分財利，多自與；鮑叔不以我為貪，知我貧也；吾嘗為鮑叔謀事，而更窮困，鮑叔不以我為愚，知時有利不利也；吾嘗三仕三見逐於君，鮑叔不以我為不肖，知我不遭時也；吾嘗三戰三走，鮑叔不以我為怯，知我有老母也；公子糾敗，召忽死之，吾幽囚受辱，鮑叔不以我為無恥，知我不羞小節，而恥功名不顯於天下也；生我者父母，知我者鮑子也！」鮑叔既進管仲，以身下之。子孫世祿於齊，有封邑者十餘世，常為名大夫。天下不多管仲之賢，而多鮑叔能知人也。

3 尊王恥德學曹瞞：管仲有能無德，尊王攘夷，與曹操用人重能不重德，且挾天子以令諸侯，其實十分相似。曹阿瞞殆學管仲者乎？

讀史記管晏列傳（二）

七言絕句

犯顏諫說史公賢，竊慕晏平欣執鞭。御者大夫緣自抑，胸無點墨笑君前。

——二〇〇四．一．三

註

1 犯顏諫說史公賢，竊慕仲平欣執鞭：《史記．管晏列傳》：方晏子伏莊公尸，哭之成禮然後去，豈所謂「見義不為無勇」者邪？至其諫說，犯君之顏，此所謂「進思盡忠，退思補過」者哉！假令晏子而在，余雖為之執鞭，所忻慕焉。

2 御者大夫緣自抑，胸無點墨笑君前：《史記．管晏列傳》：晏子為齊相，出，其御之妻，從門閒而闚其夫；其夫為相御，擁大蓋，策駟馬，意氣揚揚，甚自得也。既而歸，其妻請去，夫問其故。妻曰：「晏子長不滿六尺，身相齊國，名顯諸侯。今者妾觀其出，志念深矣，常有以自下者。今子長八尺，乃為人僕御。然子之意，自以為足，妾是以求去也。」其後，夫自抑損，晏子怪而問之，御以實對。晏子薦以為大夫。

讀史記孔子世家

七言絕句

人而無信車無軏，夫子居蒲負要盟。九合諸侯天下望，桓公退地霸王成。

——二〇〇四・一・一一

註

1 人而無信車無軏：《論語・為政篇》：子曰：「人而無信，不知其可也。大車無輗，小車無軏，其何以行之哉？」

2 夫子居蒲負要盟：《史記・孔子世家》載：過蒲，會公叔氏以蒲畔，蒲人止孔子。弟子有公良孺者，以私車五乘從孔子。其為人長賢，有勇力，謂曰：「吾昔從夫子遇難於匡，今又遇難於此，命也已。吾與夫子再罹難，寧鬭而死。」鬭甚疾。蒲人懼，謂孔子曰：「苟毋適衛，吾出子。」與之盟，出孔子東門。孔子遂適衛。子貢曰：「盟可負邪？」孔子曰：「要盟也，神不聽。」

3 九合諸侯天下望：《論語・憲問篇》：子路曰：「桓公殺公子糾，召忽死之，管仲不死。」曰：「未仁乎？」子曰：「桓公九合諸侯，不以兵車，管仲之力也。如其仁！如其仁！」

4 桓公退地霸王成：《史記・管晏列傳》：（管仲）其為政也，善因禍而為福，轉敗而為功。貴輕重，慎權衡。桓公實怒少姬，南襲蔡，管仲因而伐楚，責包茅不入貢於周室。桓公實北征山戎，而管仲因而令燕修召公之政。於柯之會，桓公欲背曹沫之約，管仲因而信之，諸侯由是歸齊。故曰：「知與之為取，政之寶也。」

讀史記孝武本紀

七言律詩

秦皇漢武慕千年，東海蓬萊屢夢仙。高誓無心來碣石，安期拒足抵通天。
沛公病矢知天命，五利窮方斬帝前。黃卷斑斑濃跡厚，唐宗仙藥飲黃泉。

——二〇〇四．一．一二

註

1 秦皇漢武慕千年，東海蓬萊屢夢仙：《史記．秦始皇本紀》：「既已，齊人徐市等上書，言海中有三神山，名曰蓬萊、方丈、瀛洲，僊人居之。請得齋戒，與童男女求之。於是遣徐市發童男女數千人，入海求僊人。」《史記．孝武本紀》：「少君言於上曰：『祠灶則致物，致物而丹沙可化為黃金，黃金成以為飲食器則益壽，益壽而海中蓬萊僊者可見，見之以封禪則不死，黃帝是也。臣嘗游海上，見安期生，食臣棗，大如瓜。安期生僊者，通蓬萊中，合則見人，不合則隱。』於是天子始親祠灶，而遣方士入海求蓬萊安期生之屬，而事化丹沙諸藥齊為黃金矣。」

2 高誓無心來碣石：《史記．秦始皇本紀》：「……三十二年，始皇之碣石，使燕人盧生求羨門、高誓。刻碣石門。壞城郭，決通堤防。」羨門、高誓均神仙名。

3 安期拒足抵通天：安期生乃神仙名。《史記．孝武本紀》載：公孫卿曰：「僊人可見，而上往常遽，以故不見。今陛下可為觀，如緱氏城，置脯棗，神人宜可致。且僊人好樓居。」於是上令長安則作蜚廉桂觀，甘泉則作益延壽觀，使卿持節設具而候神人，乃作通天台，置祠具其下，將招來神僊之屬。於是甘泉更置前殿，始廣諸宮室。夏，有芝生殿防內中。天子為塞河，興通天台，若有光雲，乃下詔曰：「甘泉防生芝九莖，赦天下，毋有復作。」通天台於甘泉宮，高三十丈，離長安兩百里。

4 沛公病矢知天命：《史記・高祖本紀》載：高祖擊布時，為流矢所中，行道病。病甚，呂后迎良醫，醫入見，高祖問醫，醫曰：「病可治。」於是高祖嫚罵之曰：「吾以布衣提三尺劍取天下，此非天命乎?命乃在天，雖扁鵲何益！」遂不使治病，賜金五十斤罷之。已而呂后問：「陛下百歲後，蕭相國即死，令誰代之？」上曰：「曹參可。」問其次，上曰：「王陵可。然陵少戇，陳平可以助之。……」

5 五利窮方斬帝前：五利即五利將軍。《史記・孝武本紀》載：……其春，樂成侯上書言欒大。欒大，膠東宮人，故嘗與文成將軍同師，已而為膠東王尚方。而樂成侯姊為康王后，無子。康王死，他姬子立為王。而康后有淫行，與王不相中（得），相危以法。康后聞文成已死，而欲自媚於上，乃遣欒大因樂成侯求見言方。天子既誅文成，後悔恨其早死，惜其方不盡，及見欒大，大悅。大為人長美，言多方略，而敢為大言，處之不疑。大言曰：「臣嘗往來海中，見安期、羨門之屬。顧以臣為賤，不信臣。又以為康王諸侯耳，不足與方。臣數言康王，康王又不用臣。臣之師曰：『黃金可成，而河決可塞，不死之藥可得，僊人可致也。』然臣恐效文成，則方士皆掩口，惡敢言方哉！」上曰：「文成食馬肝死耳。子誠能修其方，我何愛乎！」大曰：「臣師非有求人，人者求之。陛下必欲致之，則貴其使者，令有親屬，以客禮待之，勿卑，使各佩其信印，乃可使通言於神人。神人尚肯邪不邪。致尊其使，然後可致也。」又謂：「其秋，為伐南越，告禱泰一，以牡荊畫幡日月北斗登龍，以象天一三星，為泰一鋒，名曰『靈旗』。為兵禱，則太史奉以指所伐國。而五利將軍使不敢入海，之泰山祠。上使人微隨驗，實無所見。五利妄言見其師，其方盡，多不讎。上乃誅五利。」

6 唐宗仙藥飲黃泉：唐太宗貞觀初年，正當唐太宗年輕力壯時，他一再譏笑秦始皇祈求長生不老之藥，乃虛妄非份之好，為方士所詐。直至貞觀十一年，仍認「生者天地之大德，壽者脩短之常數，生有七尺之形，壽以百齡為限」，即使有回天之力，亦難以能免。然而晚年卻服食天竺方士那羅邇娑婆寐之仙藥而逝。異哉！

讀劉義慶世說新語

七言絕句

自古公侯瀚海沙，臨川王府六朝誇。百年風尚如親睹，魏晉風流勝燦花。

——二〇〇四・一・一三

註

《世說新語》為南朝臨川王劉義慶所寫，其以左傳「微而顯，志而晦，婉而成章，盡而不污」的藝術手法寫盡魏晉名士風流。使其間百年風尚歷歷如睹。台灣何時能有另一《世說新語》，否則千百年後，有何人悉今台灣之事？

渡大平洋飛機上讀莊子逍遙游

七言律詩

碧海雲天淩宇空，扶搖霄九覓鯤蹤。鵬飛水擊三千里，椿渡霜寒十萬冬。
聾瞽肩吾辭雅樂，神人姑射御飛龍。莊生樗種虛鄉野，我獨浮樽看雪峰。

——二〇〇四．一．一七

註

1 扶搖霄九覓冥蹤：《莊子．逍遙遊》：北冥有魚，其名為鯤。鯤之大，不知其幾千里也。化而為鳥，其名為鵬。鵬之背，不知其幾千里也。怒而飛，其翼若垂天之雲。是鳥也，海運則將徙於南冥。南冥者，天池也。

2 鵬飛水擊三千里：《莊子．逍遙遊》：齊諧者，志怪者也。諧之言曰：「鵬之徙於南冥也，水擊三千里，摶扶搖而上者九萬里，去以六月息者也。」野馬也，塵埃也，生物之以息相吹也。天之蒼蒼，其正色邪？其遠而無所至極邪？其視下也亦若是，則已矣。

3 椿渡霜寒十萬冬：《莊子．逍遙遊》：小知不及大知，小年不及大年。奚以知其然也？朝菌不知晦朔，蟪蛄不知春秋，此小年也。楚之南有冥靈者，以五百歲為春，五百歲為秋；上古有大椿者，以八千歲為春，八千歲為秋。而彭祖乃今以久特聞，眾人匹之，不亦悲乎！

4 聾瞽肩吾辭雅樂，神人姑樂御飛龍：《莊子．逍遙遊》：肩吾問於連叔曰：「吾聞言於接輿，大而無當，往而不反。吾驚怖其言，猶河漢而無極也，大有逕庭，不近人情焉。」連叔曰：「其言謂何哉？」曰：「藐姑射之山，有神人居焉。肌膚若冰雪，淖約若處子；不食五穀，吸風飲露；乘雲氣，御飛龍，而遊乎四海之外；其神凝，使物不疵癘而年穀熟。吾以是狂而不信也。」連叔曰：「然，瞽者無以與乎文章之觀，聾者無以與乎鐘鼓之聲。豈唯形骸有聾盲哉？夫知亦有之。是其言也，猶時女也。之人也，之德也，將旁礴萬物以為一，世蘄乎亂，孰弊弊焉以天下為事！之人也，物莫之傷，大浸稽天而不溺，大旱金石流、土山焦而不熱。是其塵垢秕糠，將猶陶鑄堯舜者也，孰肯分分然以物為事！」

5 莊生樗種虛鄉野：《莊子．逍遙遊》：惠子謂莊子曰：「吾有大樹，人謂之樗。其大本擁腫而不中繩墨，其小枝卷曲而不中規矩。立之塗，匠者不顧。今子之言，大而無用，眾所同去也。」莊子曰：「子獨不見狸狌乎？卑身而伏，以候敖者；東西跳梁，不避高下；中於機辟，死於罔罟。今夫斄牛，其大若垂天之雲。此能為大矣，而不能執鼠。今子有大樹，患其無用，何不樹之於無何有之鄉，廣莫之野，彷徨乎無為其側，逍遙乎寢臥其下。不夭斤斧，物無害者，無所可用，安所困苦哉！」

6 我獨浮樽看雪峰：《莊子．逍遙遊》：惠子謂莊子曰：「魏王貽我大瓠之種，我樹之成而實五石。以盛水漿，其堅不能自舉也。剖之以為瓢，則瓠落無所容。非不呺然大也，吾為其無用而掊之。」莊子曰：「夫子固拙於用大矣。宋人有善為不龜手之藥者，世世以洴澼絖為事。客聞之，請買其方百金。聚族而謀曰：『我世世為洴澼絖，不過數金。今一朝而鬻技百金，請與之。』客得之，以說吳王。越有難，吳王使之將。冬與越人水戰，大敗越人，裂地而封之。能不龜手一也，或以封，或不免於洴澼絖，則所用之異也。今子有五石之瓠，何不慮以為大樽而浮於江湖，而憂其瓠落無所容？則夫子猶有蓬之心也夫！」

晨讀莊子（一）

七言古詩

曉氣塵清看道書，金穿籬舍淡梅疏。莊生大覺方知夢，惠子逢人不度魚。
天地無言嫌一指，燭薪有盡火傳餘。庖丁牛解神入化，天籟心齋步太虛。

——二〇〇四．一．一九

晨讀莊子（二）

七言絕句

天地無私不覺非，花開花落本無違。麗姬深悔衣濕晉，達者從容故里歸。

——二〇〇四．一．一九

讀史記項羽本紀（一）

七言絕句

逐鹿中原慨且慷，八千子弟死疆場。烏江自刎酬騅逝，介石東浮笑霸王。

——二〇〇四・一・二

註

1《史記・項羽本紀》載：……於是項王乃欲東渡烏江。烏江亭長檥船待，謂項王曰：「江東雖小，地方千里，眾數十萬人，亦足王也。願大王急渡。今獨臣有船，漢軍至，無以渡。」項王笑曰：「天之亡我，我何渡為！且籍與江東子弟八千人渡江而西，今無一人還，縱江東父兄憐而王我，我何面目見之？縱彼不言，籍獨不愧於心乎？」乃謂亭長曰：「吾知公長者。吾騎此馬五歲，所當無敵，嘗一日行千里，不忍殺之，以賜公。」乃令騎皆下馬步行，持短兵接戰。獨籍所殺漢軍數百人。項王身亦被十餘創。顧見漢騎司馬呂馬童，曰：「若非吾故人乎？」馬童面之，指王翳曰：「此項王也。」項王乃曰：「吾聞漢購我頭千金，邑萬戶，吾為若德。」乃自刎而死。

2 國共毛蔣之戰，像極歷史上之楚漢相爭。毛澤東以延安為蜀，在對日戰後，毛適重慶，亦似鴻門宴，戴笠欲殺之，而蔣釋之，終而魚游大海，逐獲天下。然蔣之渡海浮台，與項羽之身死烏江，後人自有不同評價。

讀史記項羽本紀（二）

七言絕句

書劍無成怒項梁，秦皇志代意天長。身經七十披靡戰，空有范增辭子房。

——二〇〇四・一・二二

註

1 書劍無成怒項梁，秦皇彼代意天長：《史記・項羽本紀》載：項籍少時，學書不成，去學劍，又不成。項梁怒之。籍曰：「書足以記名姓而已。劍一人敵，不足學，學萬人敵。」於是項梁乃教籍兵法，籍大喜，略知其意，又不肯竟學。項梁嘗有櫟陽逮，乃請蘄獄掾曹咎書抵櫟陽獄掾司馬欣，以故事得已。項梁殺人，與籍避仇於吳中。吳中賢士大夫皆出項梁下。每吳中有大繇役及喪，項梁常為主辦，陰以兵法部勒賓客及子弟，以是知其能。秦始皇帝游會稽，渡浙江，梁與籍俱觀。籍曰：「彼可取而代也。」梁掩其口，曰：「毋妄言，族矣！」梁以此奇籍。籍長八尺餘，力能扛鼎，才氣過人，雖吳中子弟皆已憚籍矣。

2 身經七十披靡戰：《史記・項羽本紀》載：漢騎追者數千人。項王自度不得脫。謂其騎曰：「吾起兵至今八歲矣，身七十餘戰，所當者破，所擊者服，未嘗敗北，遂霸有天下。然今卒困於此，此天之亡我，非戰之罪也。今日固決死，願為諸君快戰，必三勝之，為諸君潰圍，斬將，刈旗，令諸君知天亡我，非戰之罪也。」

讀史記項羽本紀（三）

七言絕句

劍敵一人書記名，萬人兵法百縱橫。楚人猴冠燒秦室，錦衣鄉閭欲霸彭。

——二〇〇四·一·二二

註

1 劍敵一人書記名，萬人兵法百縱橫：《史記·項羽本紀》載：項籍少時，學書不成，去學劍，又不成。項梁怒之。籍曰：「書足以記名姓而已。劍一人敵，不足學，學萬人敵。」於是項梁乃教籍兵法，籍大喜，略知其意，又不肯竟學。項梁嘗有櫟陽逮，乃請蘄獄掾曹咎書抵櫟陽獄掾司馬欣，以故事得已。項梁殺人，與籍避仇於吳中。吳中賢士大夫皆出項梁下。每吳中有大繇役及喪，項梁常為主辦，陰以兵法部勒賓客及子弟，以是知其能。秦始皇帝游會稽，渡浙江，梁與籍俱觀。籍曰：「彼可取而代也。」梁掩其口，曰：「毋妄言，族矣！」梁以此奇籍。籍長八尺餘，力能扛鼎，才氣過人，雖吳中子弟皆已憚籍矣。

2 楚人猴冠燒秦室，錦衣鄉閭欲霸彭：《史記·項羽本紀》載：居數日，項羽引兵西屠咸陽，殺秦降王子嬰，燒秦宮室，火三月不滅；收其貨寶婦女而東。人或說項王曰：「關中阻山河四塞，地肥饒，可都以霸。」項王見秦宮皆以燒殘破，又心懷思欲東歸，曰：「富貴不歸故鄉，如衣繡夜行，誰知之者！」說者曰：「人言楚人沐猴而冠耳，果然。」項王聞之，烹說者。

讀史記夏本紀

七言絕句

薄衣卑室苦安民，鑾鳳來儀簫韶音。夏禹廉名千載後，公侯三代億千銀。

——二〇〇四・一・二三

註

1 薄衣卑室苦安民：《史記・夏本紀》載：禹乃遂與益、后稷奉帝命，命諸侯百姓興人徒以傅土，行山表木，定高山大川。禹傷先人父鯀功之不成受誅，乃勞身焦思，居外十三年，過家門不敢入。薄衣食，致孝於鬼神。卑宮室，致費於溝減。陸行乘車，水行乘船，泥行乘橇，山行乘檋。左準繩，右規矩，載四時，以開九州，通九道，陂九澤，度九山。令益予眾庶稻，可種卑濕。命后稷予眾庶難得之食。食少，調有餘相給，以均諸侯。禹乃行相地宜所有以貢，及山川之便利。

2 鑾鳳來儀簫韶音：《史記・夏本紀》載：於是夔行樂，祖考至，群后相讓，鳥獸翔舞，簫韶九成，鳳皇來儀，百獸率舞，百官信諧。

讀史記扁鵲倉公列傳

七言絕句

扁鵲醫方可挽天，虢君太子死生全。長桑陽慶無私授，多少鴛鴦伴百年。

——二〇〇四・一・二四

註

1 扁鵲醫方可挽天，虢君太子死生全：《史記・扁鵲倉公列傳》載：其後扁鵲過虢。虢太子死，扁鵲至虢宮門下，問中庶子喜方者曰：「太子何病，國中治穰過於眾事？」中庶子曰：「太子病血氣不時，交錯而不得泄，暴發於外，則為中害。精神不能止邪氣，邪氣畜積而不得泄，是以陽緩而陰急，故暴蹷而死。」扁鵲曰：「其死何如時？」曰：「雞鳴至今。」……扁鵲乃使弟子子陽厲針砥石，以取外三陽五會。有閒，太子蘇。乃使子豹為五分之熨，以八減之齊和煮之，以更熨兩脅下。太子起坐。更適陰陽，但服湯二旬而復故。故天下盡以扁鵲為能生死人。扁鵲曰：「越人非能生死人也，此自當生者，越人能使之起耳。」

2 長桑陽慶無私授，多少鴛鴦伴百年：扁鵲之師為長桑君，太倉公淳于意亦名醫也，其師公乘陽慶。此二人之授醫均授秘方，使中國醫學未以禁方私授，而成公學，將有多少夫婦可白首偕老，有多少家庭可免於人天相隔？讀史者恒稱扁鵲倉公之醫術，何不言秘技自珍亦多心病，而迄今無可醫者。

讀史記李將軍列傳

七言絕句

無封自頸似冥靈，李敢身亡愧衛青。八百殺降何望氣，將軍斬尉霸陵亭。

——二〇〇四・一・二四

註

李廣太史公評價甚高，為其抱屈。然李廣自頸而死，一生戰功無數而未侯，其下人多已逾廣而封矣，此是否命有定數，即漢武帝所稱李廣「數奇」？觀李廣以私憤殺霸陵亭尉，以權宜誘殺降者八百餘人，而其子李敢被衛青、霍去病誘殺，李廣一生疲命終至迷路，不願復對刀筆吏，自頸而死，此似冥冥中有天數，令人嘆息。

讀史記李將軍列傳

七言絕句

驃騎將軍天子誇，匈奴未滅何為家？一聲戰鼓一珠淚，亙古荒原大漠沙。

——二〇〇四・一・二四

註

1 驃騎將軍天子誇，匈奴未滅何為家：《史記・衛將軍驃騎列傳》載：天子為治第，令驃騎視之，對曰：「匈奴未滅，無以家為也。」由此上益重愛之。

2 一聲戰鼓一珠淚，亙古荒原大漠沙：戰爭使多少人流離失所，使多少百姓飽受征斂之苦。匈奴乃草原民族，如何消滅？夷族乎？漢武帝傾文景以來之國家富源而伐匈奴，然可曾免於後來之五胡亂華？漢民族不思胡漢通商、通婚而使民族融和或彼此和平相處，僅思消滅匈奴，迄今衛青、霍去病仍為歷史上之「民族英雄」，異哉！

讀史記酷吏列傳

七言律詩

秦人失德法嚴苛，漢室圓忝社稷和。檢座疾言凌長吏，糾夫証訊動干戈。
曹琨把政民無懼，和相當朝天下歌。大地昏沉星月隱，孤鴉啼樹仰天河。

——二〇〇四・一・二七

讀史記殷本紀

七言律詩

大哉民貴帝為輕，天下因君動甲兵。池酒肉林裸夜飲，廢賢心剖太師行。嬖寵妲己沙丘聚，漫舞師涓北里聲。斬紂白旗天下定，千年繆制有誰評？

——二〇〇四．一．二八

註

1 大哉民貴帝為輕：孟子云：「民為貴，社稷次之，君為輕。」

2 池酒肉林裸夜飲：《史記．殷本紀》載：帝紂資辨捷疾，聞見甚敏；材力過人，手格猛獸；知足以距諫，言足以飾非；矜人臣以能，高天下以聲，以為皆出己之下。好酒淫樂，嬖於婦人。愛妲己，妲己之言是從。於是使師涓作新淫聲，北里之舞，靡靡之樂。厚賦稅以實鹿台之錢，而盈鉅橋之粟。益收狗馬奇物，充仞宮室。益廣沙丘苑台，多取野獸蜚鳥置其中。慢於鬼神。大聚樂戲於沙丘，以酒為池，縣肉為林，使男女裸相逐其閒，為長夜之飲。

3 廢賢心剖太師行：《史記．殷本紀》載：商容賢者，百姓愛之，紂廢之。……紂愈淫亂不止。微子數諫不聽，乃與大師、少師謀，遂去。比干曰：「為人臣者，不得不以死爭。」乃強諫紂。紂怒曰：「吾聞聖人心有七竅。」剖比干，觀其心。箕子懼，乃詳狂為奴，紂又囚之。

4 嬖寵妲己沙丘聚，漫舞師涓北里聲：同「池酒肉林裸夜飲」。

讀史記商君列傳（一）

七言絕句

霸術恒緣語霸王，留秦十載傲封商。高人自負未萌慮，車裂家亡愧趙良。

——二〇〇四・一・二九

讀史記商君列傳（二）

七言絕句

晚風曳柳月輕愁，讀罷商君人倚樓。若解趙良心腹語，功成身退記留侯。

——二〇〇四・一・三〇

讀西遊記

七言絕句

孤身仙境採蟠桃，大聖青雲志氣高。為問功夫可入化？猴孫戴冠著紅袍。

——二〇〇四・一・三〇

讀淮南子人間篇

七言絕句

塞上馬亡迎駿騎，馬來招禍莫先知。冤家路窄宜留步，造化因緣有妙思。

——二〇〇四・二・三

渡海機上看史記孝武本紀

七言絕句

展翼扶搖上九重，騰雲吞吐化銀龍。漢家天子何須祭？太室山頭有老松。

——二〇〇四・二・一四

讀史記屈原列傳

七言絕句

行吟澤畔色顏枯，寧赴常流腹鯉艫。莫怨懷王迷鄭袖，強秦在岸豈今殊？

——二〇〇四・六・二三

註

1 行吟澤畔色顏枯，寧赴常流腹鯉艫：《史記・屈原賈生列傳》：屈原至於江濱，被髮行吟澤畔。顏色憔悴，形容枯槁。漁父見而問之曰：「子非三閭大夫歟？何故而至此？」屈原曰：「舉世混濁而我獨清，眾人皆醉而我獨醒，是以見放。」漁父曰：「夫聖人者，不凝滯於物而能與世推移。舉世混濁，何不隨其流而揚其波？眾人皆醉，何不餔其糟而啜其醨？何故懷瑾握瑜而自令見放為？」屈原曰：「吾聞之，新沐者必彈冠，新浴者必振衣，人又誰能以身之察察，受物之汶汶者乎！寧赴常流而葬乎江魚腹中耳，又安能以皓皓之白而蒙世俗之溫蠖乎！」

2 莫怨懷王迷鄭袖：《史記・屈原賈生列傳》：秦割漢中地與楚以和。楚王曰：「不願得地，願得張儀而甘心焉。」張儀聞，乃曰：「以一儀而當漢中地，臣請往如楚。」如楚，又因厚幣用事者臣靳尚，而設詭辯於懷王之寵姬鄭袖。懷王竟聽鄭袖，復釋去張儀。是時屈平既疏，不復在位，使於齊，顧反，諫懷王曰：「何不殺張儀？」懷王悔，追張儀不及。

讀蘇曼殊詩

七言絕句

芒鞋踏遍水山長，染盡紅塵萬里霜。莫怨諸天途路遠，緣何絕句動紅粧？

——二〇〇四・七・一五

讀蘇東坡念奴嬌

七言絕句

羽扇綸巾萬櫓摧，風流舊事眾徘徊。可憐周郎千年後，分裂罪名橫處來。

——二〇〇四・八・八

讀甘地傳

七言律詩

中印三分天下人，盛衰治亂不同身。蔣毛逐鹿揮刀劍，甘地建邦流性真。
唯憶大唐威遠域，不辭中土苦斯民。盜川伐木山河破，傲武風聲震四鄰。

——二〇〇五・三・一三

讀巴爾札克傳

七言律詩

幸謝紹興刀吏侯，願長煮字稻粱謀。時窮稟賦酬庸俗，身售愴夫鎖閣樓。
舊債去來猶羈客，新編日夜似江流。英雄寶劍成君業，愧我霜毫萬歲秋。

——二〇〇五・三・一七

讀曹慶的故事

七言律詩

千里馳驅籌萬金，去來霜雪化甘霖。臥身四百同魂魄，豪富錙珠獨忍心。
冷暖餘生添白髮，方圓創世愧青襟。莫言矍鑠難為用，墨翟遺紘暮醉吟。

——二〇〇五・三・二九

讀大乘起信論

七言絕句

梵門經藏海雲深，錯綜脈流難究真。大乘心燈憑起信，慈悲喜捨入紅塵。

——二〇〇六・二・一七

卷三

紅塵過客

歷史篇
宗教與禪詩
法政篇
時事篇

西江月 文明的遐思

宋詞

無盡虛空霄漢，雨餘大地春還。八千寒暑代相傳，人間風光爛漫。
莫問彌陀淨院，紅塵自是仙園。小窗聽雨枕書眠，樓外蟬聲一片。

——二〇〇一・五・二

記道光年間平埔族花東大遷徙

七言絕句

毋頻回首勿追因，家在縹渺山海濱。千里綿綿何拭淚，迢迢此去與雲鄰。

——二〇〇四・六・二三

記乾隆二十三年（一七五八）平埔族賜姓政策

七言絕句

只是膚黑不是蕃，祖先來自碧雲端。三更苦讀思成漢，倍惜隆恩賜姓潘。

——二〇〇四・六・二四

弔一六三六年荷蘭人在小琉球之「滅族行動」

七言絕句

滄浪淘淘望遠茫，長槍利砲服八方。弟兄未慎逢烏鬼，血染洪荒遍夕陽。

——二〇〇四・六・二四

悲詩人

七言絕句

自古詩人千萬千，花間柳下共爭妍。蘅塘退士何多事？今日只吟三百篇。

——二〇〇四・七・一二

看「天使的眼淚」動畫

七言絕句

大唐盛世夢催頻，核武旌旗動四鄰。十億生靈塵與土，五千青史舊還新。

——二〇〇四・七・二一

文明

七言絕句

萬里長城旦夕崩，春秋白髮弔忠臣。秦唐宋漢流水去，百歲回看世界人。

——二〇〇四・七・二五

王子救美

七言絕句

森林白馬落霞暉，王子千尋未有妃。最幸曾諳心肺術，居然攜得美人歸。

——二〇〇五．四．一

儒門公敵

七言絕句

附益冉求權勢衷，季孫豪富勝周公。儒門公敵知誰是？千古青襟處處同。

——二〇〇五．四．五

傳統

七言絕句

因循千載復前人，遠祖相傳莫問因。巨艦汪洋浮碧海，長疑神物禍村鄰。

——二〇〇五．四．一六

柏拉圖理想國

七言絕句

柏氏盛名天下傳，桃源華胥散遺篇。當年少卯風光日，蘇子何能與鬥妍？

——二〇〇五．一一．二〇

註 蘇子即蘇格拉底。

無題

七言絕句

黨同伐異遍干戈，利盡交疏奈若何！和戰朝臣爭未定，臨安城下楚聲多。

——二〇〇五．一二．一四

不如言，刑從之

七言絕句

內聖外王自古欽，三千佳麗後宮尋。唐皇霸業千秋頌，塞谷青山隱霧深。

——二〇〇六．五．三一

民主與民本

七言絕句

經史昏黃血淚斑，聖君臨世似天關。由來社稷千般事，民主繡成非等閒。

——二〇〇六．六．三

亡國與亡天下

七言絕句

易朝猶復可偷生，道義塞流天下傾。空嘆亭林書卷苦，烏啼月落夜猿鳴。

——二〇〇六．六．六

史家應以愉悅之心來寫歷史

七言絕句

盛唐開闊似登臨，南宋臨安漫靡聲。青史千年難細辨，故人賴我筆揮尋。

——二〇〇六・六・一五

王莽和王安石失敗之啟示

七言絕句

安邦定國事千端，王莽荊公變法難。鼎輔柱臣宜內重，逢迎豈可任高官？

——二〇〇六・七・七

愛恨叔本華

七言絕句

古來才者似恒沙，醒醉難如叔本華。作賤峨嵋書滿紙，閒忙無事問煙花。

——二〇〇七・四・一

華人的宇宙觀

七言絕句

億兆銀河冰且清，長疑天外有文明。借鸞直上雲霄九，織女星居不盡情。

——二〇〇七・九・八

金字塔的啟示

七言絕句

法老君王心妙開，尼羅河患未興哀，民使以時誠兩悅，金字塔林何壯哉。

——二〇〇七・一〇・一三

天問

七言絕句

天祭泰山高築壇，日斜旗照暮增寒。古來多少行吟者，胸壘未消辭路難。

——二〇〇七・一一・二四

逐鹿

五言絕句

人間閒日月，宇內寵人龍。無限江山秀，忽成一火烽。

——二〇〇九・三・五

文化救國

五言絕句

愛國語滔滔，何如道義高。興亡多少代，千載見汝曹。

——二〇〇九・四・二五

嘆希臘

七言絕句

長嗟希臘古文明，千載當年世上英。典範哲人愁逝遠，餘暉落日照餘情。

——二〇一六・一二・二〇

滿江紅《宗教的探索》自序

宋詞

宇宙乾坤，何處覓、人生彼岸？漫遙指、西方涯際，阿彌陀院。七寶池階金飾遍，七重行樹琉璃殿。更奇禽、天雨曼陀羅，和音獻。　無量壽、何排遣？恆極樂、休言倦。想娑婆國土，最宜留戀。不盡有為無患厭，無為不住菩提念。願此生、瀟灑向人間，情一片。

——二〇〇三・五・二八

註

《唯摩詰經》中「菩薩行品」之「不盡有為，不住無為」。所謂「不盡有為」，即「不離大慈，不捨大悲，深發一切智心而不忽忘，以諸淨國嚴飾之事成已佛土」。所謂「不住無為」，是指「修學空不以空為證，修學無相、無證，不以無相、無作為證，修學無起，不以無起為證」。

宗教的探索（輯一）

七言絕句

峨峙殿重入翠峰，玉階金杖擁千從，勸君笑看僧禪事，自古神仙夢裏逢。

——二〇〇三·八·一八

宗教的探索（輯二）

七言絕句

因緣生法即為空，世幻無常道豈同？落髮袈裟窮貝葉，瞿曇今見笑痴翁。

——二〇〇三·八·一八

宗教的探索（輯三）

七言古詩

愁籠紐約起寒風，擂鼓雙伊砲火隆。昔日拒修巴別塔，今朝禍變聖城東。
世人未解真空義，擾嚷眾神語不同。神佛齟齬將自議，眾生豈可僭神衷。

——二〇〇三・八・一八

宗教的探索（輯四）

七言古詩

今生賞懲國封君，來世獎罰祖佛神。世有明君能大治，神無昏昧卻蒙塵。
明君自古遠諛諂，祭獻誠惶豈足珍。舉國勤奮民富樂，自緣自足佛神心。

——二〇〇三・八・一九

宗教的探索（輯五）

七言絕句

創世因緣漫指神，亞當夫婦是先親。夏娃有子稱該隱，該隱長成娶孰人？

——二〇〇三．八．一九

宗教的探索（輯五）

七言絕句

神造世間六日工，混沌大地光先逢。四天造日分晴夜，無日豈能光映紅？

——二〇〇三．八．一九

宗教的探索（輯六）

七言律詩

新洲大陸夢千催，五月花船啟遠桅。赫赫功名神撿寵，茫茫海際避疑猜。
基督清教蠻荒拓，亞美利加勢運開。儒釋新團今若在，豈容山姆久登台？

——二〇〇三・八・二〇

宗教的探索（輯七）

七言律詩

大千世界有三千，無量佛國歷萬年。摩詰勤行來妙喜，彌陀日頌上西天。
耶穌信眾天堂引，撒旦常行地獄鞭。六祖恒言心萬法，虛擬網路妙毫顛。

——二〇〇三・八・二〇

宗教的探索（輯八）讀阿含箭喻有感

七言古詩

宇宙無邊還界邊，人非永歲喜談玄。命身同異非趣智，可憐髫童世尊前。
劫掠物華核武擴，眾神陣鼓漫烽煙。禪堂猶見論空有，毒箭未除問射弦。

——二〇〇三．八．二〇

宗教的探索（輯九）

七言古詩

西方淨土眾情鍾，金地天華世未逢。口頌彌陀皆往引，誰解法藏願深濃？
九華地藏乘風去，地獄未空不現蹤。猶笑書生空誓願，未空監獄不塵封。

——二〇〇三．八．二一

無題

七言古詩

黃河之水自天來，人道謫仙天縱材。欲上青天明月攬，天文地理豈詩台。
神仙佛鬼非關論，真假有無莫費猜。國富民安年喜樂，山幽寺繞五更開。

——二〇〇三．八．二一

感台灣佛教現象

七言律詩

信笛悠悠逐牧童，梵音陣陣起飛鴻。誰吟般若波羅蜜，欲渡光明彼岸東。
佛土莊嚴原慧飾，懺經法會豈靈通？慈悲大愛深心至，驀見千花萬紫紅。

——二〇〇三．八

昔日出家良有因，尊師印順語諄諄。彌陀淨土緣今世，菩薩悲行渡苦貧。
百丈禪師堪法效，維摩長者最相親。栖栖歲月紅塵過，浩浩隨行百萬人。
自古名君親直臣，忠言多逆惜如珍。違乖造化修行路，吾本凡夫扶若神。
從此承歡聽不絕，參差輿議少近身。莊嚴儀杖森森列，履步安怡淡淡頻。
大愛揚威三十春，錙銖積善貴存真。四方顯赫赴精舍，八萬光環在一身。
富貴張三輸萬億，從僕李四苦悲辛。無名李四衣濕汗，善士張三耀四鄰。
白象青純來九天，普賢行願步生蓮。從者千萬呼聲壯，蟻聚蜂鑽踏陌阡。
莊稼含悲傷賤穀，雞驚兔走受牽連。旁人側目輕遙指，吆喝聲中向誰宣？
論者多嗔言太偏，何聞白象亂人煙？兔逐傷穀純虛臆，樹大招風自謗前。
大愛揚威方顯善，戔戔小善不唐捐。無功慈濟何交議，亂象叢生在此焉。
莫道寂天言半程，何傷稻穀未言明。依人信眾難依法，我執於心怎論評？
仲任平生非妄假，賈誼昔日問蒼生。空門志業宜悲智，漫助貧災豈善行。

災濟華東人頌讚，流離寶島泣無聲。鄉親學子賒餐用，希望工程駐西京。
地變南投園未復，印尼天災早功成。台北遊民街頭宿，慈濟揚威四海名。
伊甸消基撙節短，門諾婦援苦經營。沙彌倚寺猶閒笑，大愛傳聲自巨鯨。
貴賈豪施官府困，生民細捨市消清。衙門稅入涓涓減，景氣興衰遞遞輕。
飯館食餐雖侈費，魚攤肉販日豐盈。黎民囊厚輕房貸，衙府歡收市地榮。
慈濟今非無善事，弘法救急任縱橫。聲粗我慢宜先去，誠敬謙持做主盟。

——二〇〇三・八・二四

慈濟「一灘血」事件落幕有感

七言律詩

何由地上血一灘？舊事重提緒萬端。慈濟無心傷耿介，莊家卻已裂腸肝。
龍鱗輕逆掀天浪，巾幗迴身擋萬瀾。日暮籠煙風雨散，殘花滿谷露猶寒。

——二〇〇三・九

無題

七言絕句

應當發願為蒼生，法藏彌陀今世盟。佛國原非成彼國，七情本即是真情。

——二〇〇四．二．一八

諸法空相

七言絕句

摩訶般若念相隨，自在禪機識者誰？萬法性空輕拍浪，真如彼岸任波推。

——二〇〇四．七．八

空即是色

七言絕句

萬壑瀑流山更青，千花來舍蝶盈庭。真空妙有云何意？舞者臨終舞不停。

——二〇〇四・七・八

註

日本演員尾上菊五郎臨終說：「我仍感不足，舞又舞，直至那個世界。」

千手觀音

七言絕句

千手觀音千手形，形形訴說眾無明。無邊欲望無邊苦，淘盡黃河水未清。

——二〇〇四・七・一〇

悟

七言絕句

竟日樓頭閱釋書，脈流千載不勝梳。淘淘江水悠悠逝，今日因緣今自如。

——二〇〇四·七·一五

茶道：無色身香味觸法

七言絕句

舶來茶具舶來茶，玉手輕斟禮有加。未審茗茶人亦醉，風流何必五侯家？

——二〇〇四·七·一七

恩怨 和濁水溪老農

七言絕句

因緣生法佛云空，恩怨原來子夜風。日出三竿春意滿，青山綠水遍花紅。

——二〇〇四·七·二三

無題

七言絕句

身著袈裟輒說空，貪瞋痴慢住心中。電光危寺雲天映，佛道沉淪滄海東。

——二〇〇四・八・一

比丘

七言絕句

上求佛法下求人，佛欲比丘忘我身。千載梵音流水逝，金身重殿履紅塵。

——二〇〇四・八・二

煩惱即菩提

七言絕句

孤木平原掩屋低，叢林競日與天齊。人之大欲生之志，不是情迷徑路迷。

——二〇〇四・八・一一

無題

七言絕句

人天大道海雲深，正眼法藏何處尋？古今經典須神入，莫學鸚鵡空繞音。

——二〇〇四．八．二四

心經誦行

七言律詩

迎風虎步意平生，般若波羅蜜誦行。空色本然無罣礙，江天澄淨正含情。
陰陽不測何緣命？成敗由心俱自營。吟嘯縱橫舟浪湧，遙聞古寺梵鐘聲。

——二〇〇四．一一．二三

大道無言

七言律詩

道德五千今古傳，天才無數盡斯篇。華顏白首愁開釋，錦字珠璣似悟禪。
昔日孔丘龍偶遇，明宵函谷月仍圓。紛紜論者千般解，大道無名本自然。

——二〇〇四・一二・二一

佛本無相

七言律詩

梵門經藏有何難？無我無常寂涅槃。行止慈悲人世醉，去來默照月中觀。
誰曾自在千千手，歷盡維摩萬萬般。莫怪凡夫空覓佛，如來性海法身看。

——二〇〇四・一二・二六

聖義諦

七言絕句

輪迴業報兩茫茫，累世修行際路長。生死涅槃當念破，如如空境萬緣香。

——二〇〇五．二．一三

天地有言

七言絕句

名家萬脈問何如？白髮窮經不勝梳。霜月臨江星掩映，清風寂寞閱天書。

——二〇〇五．二．一七

不生不滅

七言絕句

朝露人間意未平，心經千誦已三更。不生不滅云何意？皓月當空遍照明。

——二〇〇五．二．一七

僧堂

七言律詩

棲棲行者去何方？我為尋禪入道場。宴坐識波千浪起，盤旋山寺數心忙。
不言何事須清淨，焉得自身蒙雪霜？獨愧春雷方覺悟，清風明月是僧堂。

——二〇〇五．二．一九

禪覺

七言絕句

六祖粗疏字識無，壇經神會代傳珠。人人佛性心田有，禪意能言方覺徒。

——二〇〇五．二．二〇

三藏法師

七言絕句

三藏法師千載紅，梵經律論蘊胸中。朝綱執法攸天下，術德雙修柱石功。

——二〇〇五・三・一七

念悟

七言絕句

心念馳驅任肆横，翺翔四海締仙盟。電光雷閃靈犀動，朗朗乾坤澈照明。

——二〇〇五・三・一九

人間淨土

七言絕句

天竺當年苦恨多，黎民無奈問彌陀。豈緣今日世豐足，猶望西方逐逝波。

——二〇〇五・四・四

感言

五言絕句

紅塵萬籟音，六道本唯心。借問修行路，天人月下尋。

——二〇〇五・一〇・六

一朝風月

七言絕句

年華老去最傷懷，長憶風流壯氣埋。和合因緣誰是我？一朝風月足生涯。

——二〇〇五・一〇・一四

菩提資糧

七言絕句

菩薩由來問菩提，昔年龍樹道無遺。法門八萬誰嘗識？半是長嗟半是期。

——二〇〇五・一〇・三〇

布施

七言絕句

強梁晚境寸心知，供佛齋僧好布施。菩薩由來悲智運，只緣行善盛年時。

——二〇〇五・一〇・三一

供佛

七言絕句

蔬果鮮花心不開，受行佛法養如來。慈悲菩薩空無量，天地經典禮佛台。

——二〇〇五・一一・二

五月花的梵音

七言絕句

孔雀蕭梁已往塵，文明起落似迴輪。當年清教今何在？五月花船見佛身。

——二〇〇五・一一・一〇

罪性空

七言絕句

大化因緣罪性空，春風吹動百花紅。深山絕谷難逢日，豈怨積寒未雪融？

——二〇〇五・一一・一一

禪機

七言絕句

心心相印入禪門，佛種因緣問慧根。天灑千花星漫雨，非風非法亦非幡。

——二〇〇五・一一・一二

桃花

七言絕句

花赴三春日出東，星移地轉寄西風。彌陀日頌千年夢，今日桃花去歲同。

——二〇〇五・一一・一三

法藏

七言絕句

借幻修真自性空，阿彌陀佛駐心中。若能喚得東風便，法藏今生願未窮。

——二〇〇五・一一・一四

戒律

七言絕句

佛陀從來是巨鯨，門中有過露分明。夕陽古寺千年唱，今谷雖幽苔未清。

——二〇〇五・一一・一六

課誦

七言絕句

山寺依崖入道深，煙霞雲水此中尋。遙聞金頂磬鐘唱，天籟清風有雜音。

——二〇〇五・一二・一一

無題

七言絕句

少似朝陽暮醉霞，流光散落萬千家。西方極樂何處是？江夜輕帆月下花。

——二〇〇五．一二．二四

禪行

七言絕句

丈夫習法志沖天，莫向如來老澗邊。空見風雲千幻化，禪僧盤石碧溪前。

——二〇〇六．二．一八

三寶一體

七言絕句

夫夫立志跨雲龍，欲得法門今世通。遍尋千山迴萬剎，始知一切在經中。

——二〇〇六．三．四

人間淨土法門的三皈依

七言絕句

當年奉主惟神父，今日弘恩賴牧師。梵業荷擔緣世化，比丘居士兩相宜。

——二〇〇六・四・三

智慧是善的唯一基礎

七言絕句

阿含摩詰四言詩，諸善奉行天下知。未歷紅塵千萬事，梵經仍只記清詞。

——二〇〇六・四・七

高度的創造力是在禪的情緒狀態

七言絕句

滄海低迴揚陌塵，千山幽谷暗知春。平湖一片風帆靜，萬籟濤聲不見人。

——二〇〇六・五・一三

無題

七言絕句

達摩千里自西來，只為行尋不惑才。莽莽紅塵皆俗客，幾時論道坐蓮台？

——二〇〇六・六・六

無題

七言絕句

山寺依崖千仞高，疏鐘梵唄入雲霄。人間冷暖何須問？信眾從來醉貢朝。

——二〇〇六・六・一九

真空妙有

七言絕句

紅塵妙有入真空，非法非幡非耳聾。閱盡人間滄浪後，怡然日日對春風。

——二〇〇六・八・一

空中無色

七言絕句

梵經千剎苦追尋，任運安然自在心。法界一如何執我？閒雲來去和風吟。

——二〇〇六・八・六

尋找輪迴轉世的意識流

七言絕句

袈裟盡髮斷山修，欲覓輪迴意識流。驀見崖頭江盡處，千舟入港上雲樓。

——二〇〇六・一一・一

前世可以選擇

七言絕句

何事長年帶百憂？真空妙有似江流。今朝意氣凌雲志，前世人云是帝侯。

——二〇〇六・一一・一

菩提即一切智

七言絕句

老僧自幼著僧袍，熟誦梵經三丈高。若問經邦匡濟術，猶須儒冠代偏勞。

——二〇〇六．一一．二

道由人弘，法待緣顯

七言絕句

樓寺巍峨誰與登，時逢亂世出高僧。枯禪十載仍空悟，法顯由緣道待弘。

——二〇〇六．一一．二

神通與智慧

七言絕句

佛聖馳驅問大同，凡夫修練欲神通。峰前羅漢巍然坐，菩薩蒼生樂未窮。

——二〇〇七．一．二九

不生不滅

七言絕句

忘卻紅塵返故吾，須與萬世俱無殊。千江逐水千江月，一碧平波一碧湖。

——二〇〇七・五・一一

心生萬法

七言絕句

青山綠水召花神，勝日尋芳處處春。四海五湖誰最勝？月光入戶問詩人。

——二〇〇七・六・三

內關（一）

七言絕句

不見山門九仞高，亦無金像足矜豪。法門脈脈清音在，絡繹心中著佛袍。

——二〇〇七・六・二四

內關（二）

七言絕句

五更未曉早飧炊，身在朱門識為誰？意氣大夫清廁浴，只祈後進法跟隨。

——二〇〇七・六・二四

內關（三）

七言絕句

臥路橫身究是誰？老生病死悟慈悲。內觀苦痛緣非夢，多少前賢待法隨。

——二〇〇七・七・一七

內關（四）

七言絕句

古來經卷已三千，耐苦方能象聖賢。今日豁開聊一試，無端飯菜灑黃蓮。

——二〇〇七・七・一八

內關（五）

七言絕句

消融過後有文章，澀苦行修刻漏長。瞋恨貪歡原舊性，涅槃輪迴斷人腸。

——二〇〇七·七·二三

內關（六）

七言絕句

十日同修半世緣，大南草木似亭然。依稀夜夢蛙齊唱，筆下徘徊竟累篇。

——二〇〇七·七·二七

內關（七）

七言絕句

天街逐鹿漫顛狂，綠地藍天各異方。十日內關頻感悟，修身治國兩無妨。

——二〇〇七·八·一二

內關（八）

七言絕句

當年憾事恨糊塗，今日禪修了舊吾。怎耐人間知罪犯，長疑誰肯辨無辜。

——二〇〇七．八．一三

內關（九）

七言絕句

不問今生喜與憂，到頭終是北邙坵。老僧畢歲岩前坐，唯意人間舍利留。

——二〇〇七．八．一五

內關（十）

七言絕句

愛郎迎面莫相呼，歷驗內關堪特殊。待得一生匀十日，紅塵看盡竟虛無。

——二〇〇七．八．一六

阿育王與梁武帝

七言絕句

孔雀王朝供佛多，建興舍塔覓修羅。梁皇禪寺高千仞，只恨前無問達摩。

——二〇〇七・一〇・七

宗教的巴別塔公案

七言絕句

諸神莫道各西東，憐愛世人非異同。兄弟情懷相待看，千經萬教盡花紅。

——二〇〇七・一〇・一〇

禪醒

七言絕句

山村曙色見雞鳴，雞若未鳴天亦明。今日天明雞叫醒，知誰未醒過今生？

——二〇一六・一二・二一

普渡眾生

七言絕句

埋首藏經燈燭光，袈裟六尺法弘揚。流連教史方尋悟，盛世太平須典章。

——二〇〇五・四・三

註

與其弘揚佛法普渡眾生，不如弘揚國法普渡眾生。此所謂國法，不僅指國民行為的規範，尚包括使國家繁榮治世的一切原理原則。

醫院與監獄

七言絕句

盜殺淫偷犯律章，淒涼牢飯獄中長。縱情六慾行無度，屢病尋醫亦正常。

——二〇〇五．四．三

註 醫院是另外一種監獄。不遵守法律的懲罰是進監獄，不遵守身體健康的懲罰是進醫院。

道藝

七言絕句

匠藝山高道境尋，庖丁牛解舞桑林。安邦治術無須瑟，天籟自然迴律音。

——二〇〇五．四．三

遍註諸法

七言絕句

一介布衣當世雄，群經遍註此生中。長嗟千載無餘子，更與鄭公相映紅。

——二〇〇五．四．三

註

在歷史上，鄭玄以一介布衣而稱雄當世。鄭玄專心著述，遍註群經。當今之世，是否有法律學者專心著述，遍註諸法，而為現代鄭玄？

刑賞忠厚

七言絕句

立法從嚴執法寬，春秋大義至今彈。衙官從此空心證，多少憂愁多少歡。

——二〇〇五．四．四

註

蘇東坡在〈刑賞忠厚之至論〉一文中說：「春秋之義，立法貴嚴，而責人貴寬，因其褒貶之義以制賞罰，亦忠厚之至也。」蘇東坡認為治理國家應該要「立法從嚴，執行從寬」，這樣的觀念在今天我國法制仍然存在。我國法制立法從嚴，嚴到可能大家都做不到。既然大家都做不到，所以執法只好從寬。然而法律是存在的，執法者就會選擇性地執法。執法者選擇性地執法，被處罰的人不僅不服氣，沒有罪惡感，下一次還是會再犯。而且執法者選擇性地執法，就成為執法者獲取不法利益的來源。今天台灣的稅法、工商法令不大抵皆如此？茍蘇東坡生於今日，仍會如此主張乎？

眷村

七言絕句

問君讀律究何因？半為謀生半逐臣。指卷公堂能談笑，條文飛誦最知津。

——二〇〇五・四・四

虛擬世界

七言絕句

佛云世界有三千，我謂三千在案前。願求五彩生花筆，畫盡法庭天外天。

——二〇〇五・四・五

君子之爭

七言絕句

唇槍舌劍戰公庭，暇日相攜野踏青。揖讓而升堂下飲，古來聖哲有鐫銘。

——二〇〇五・四・七

今之俠者

七言絕句

劍膽琴心俠骨腸，江湖快意傲孤芳。今朝豪客何方醉？方寸胸羅震法堂。

——二〇〇五・四・七

父為子隱

七言絕句

為兒聚斂起高樓，罄竹難書一死囚。父為子隱逢直譽，徇官從此不藏鉤。

——二〇〇五・四・一一

公門修行

七言絕句

劍身舞影憶豪英，載酒人間問不平。今日去來方覺悟，公門深處好修行。

——二〇〇五・七・四

稿主

七言絕句

稚子離家不識鄉，天涯何處覓爹娘？即無胎記憑憐憶，亦有靈犀動法堂。

——二〇〇五・八・一六

著作權保護期間

七言絕句

定制伯恩曾誓言，耘田三代化公園。托翁猶是最堪憶，散盡身家共錦軒。

——二〇〇五・八・一八

斷案

七言絕句

世惡秋江多露寒，平亭曲直賴推官。七情六慾誰能斷？孔聖四毋尤獨難。

——二〇〇五．一一．一九

君王論與民主政治

七言絕句

君王年幼未成材，兩壁朝臣各妒猜。綠地藍天雲隔路，秋花薄命為誰開？

——二〇〇五．一一．二四

民主國家的佞臣

七言絕句

國病難醫治在賢，草行風偃拜因緣。綠萍藍水愁逢遇，信遣秋江送客船。

——二〇〇五．一一．二五

國家的扶正與怯邪

七言絕句

萬豁奔流動地行，衝波逆折九霄鳴。長河勢盡悠悠落，風靜山幽水自清。

——二〇〇五・一一・二六

朋黨

七言絕句

黨同伐異遍干戈，利盡交疏奈若何！和戰朝臣爭未定，臨安城下楚聲多。

——二〇〇五・一二・一三

世界公民與國家公民

七言絕句

生如過客旅人間，漂泊天涯數十年。行盡花叢松徑後，莫辭為世種桑田。

——二〇〇五・一二・一五

治病與消滅犯罪

七言絕句

治水疏流百圳通，長堤萬丈未防洪。任君賞罰頻難治，恩怨未消豈竟功？

——二〇〇五・一二・一九

遲延的正義

七言絕句

狼狐鼠魅苦聞多，一夕三驚奈若何。料得山君仍入夢，村楊歸路影婆娑。

——二〇〇五・一二・二九

註

《聖經・傳道書》第八章的第十一節說：「為什麼世人這樣大膽犯罪，因為罪沒有立刻受到懲罰。」

每個公民都在創造法律

七言絕句

何待官衙動斧環，人行絡繹不須彎。荒山夜雨疑無路，深徑履痕輕出山。

——二〇〇六．一．一一

立信

七言絕句

安邦治國豈難哉？敬事用心知節財。但願天公些點綴，東方海上見蓬萊。

——二〇〇六．一．三〇

民主政治是最困難的制度

七言絕句

自古黎民得聖君，逍遙帝力不虞貧。莫言民主從容易，各自栽花各自春。

——二〇〇六．二．五

從孟德斯鳩的《法律的精神》一書看台灣的民主政治

七言絕句

悠悠青史字斑斑，春去秋來往復還。法意孟公頻曉示，奈何恨事近鄉關。

——二〇〇六・二・九

英國、日本、台灣的類似性

七言絕句

英倫前記傲歐洲，日本偏東問斗牛。福爾摩沙何處向？可憐豪士只悲秋。

——二〇〇六・二・一〇

省籍

七言絕句

原罪脈流誰論哉？認同鄉國太徘徊。小泉靖國頻遭難，陵謁慈湖絡繹來。

——二〇〇六・二・一七

化城

七言絕句

蓬萊海上碧雲端，涉水跋山行路難。高誓化城樓市近，可憐徐士為朱丹。

——二〇〇六・二・一八

輿論

七言絕句

近年宦海盡墳場，寂寞空庭社酒香。壯志青襟何處在?京郊輿議是豺狼。

——二〇〇六・二・二三

飛彈防禦系統

七言絕句

秋江寒夜夢愁長，八百弩弓居岸方。絡繹絃歌迎鶴駕，恍如神物護中堂。

——二〇〇六・三・一

世界公民

七言絕句

慷慨悲歌赴戰場，只求青史久留香。楚王弓失楚何在？絡繹雲空無舊疆。

——二〇〇六・三・一二

君子儒與小人儒

七言絕句

士林儒冠萬夫雄，白首群經飛閣中。倚馬千言傾瀑瀉，行逢世局牛馬風。

——二〇〇六・三・二一

民主政治與庸俗

七言絕句

京華天氣近高秋，莫測晴陰似水流。鸞鳳不堪烏絮噪，九霄扶翼寄嵩邱。

——二〇〇六・四・七

無智名無勇功的日本

七言絕句

雷霆貫耳不為聰，善戰將軍無赫功。八十年前東亞夢，如今未血萬邦雄。

——二〇〇六・四・九

未來律師的角色

七言絕句

青襟千萬舞文章，黑白袍身逐法堂。嘗許人間圓美夢，可曾袖手卻秋霜？

——二〇〇八・二・二二

訴訟

七言絕句

四時嬗遞喚花開，正義無如不自來。馳逐法庭須細訴，費時專業又傷財。

——二〇二〇・八・二四

感時

七言古詩

登上泰山方見天，窮通經史問千年。列侯四十還前紀，兩百稱王奏凱旋。
諸葛三分終未濟，朝鮮建國得天緣。扁舟欲渡仙鄉泊，風滿輕行萬里船。

——二〇〇三・九・二八

感時

七言律詩

李白原來是謫仙，襟懷磅礡氣雲天。龍盤鳳逸非人授，筆落驚風絕聖肩。
杜甫飄零悲市井，自珍經世有詩篇。猶知秋雨寒氛肅，澆酒花間奏孰絃？

——二〇〇三・九・二八

感時

七言絕句

雪盡東風綠滿山，烏雲半捲入鄉關。不知澄橘連枝葉，路險坡斜那處彎？

——二〇〇三．九．二八

台灣族群衝突有感

七言律詩

東南海上有蓬萊，四季如春百穀栽。罪犯難荒緣惜遇，生蕃福客共徘徊。
桓溫士斷江山定，國府籍分風雨來。過隙人生聊駐足，百年回首笑嫌猜。

——二〇〇三．一一．一六

網路戰場

七言律詩

誰云兩岸未弦弓？網路烽煙漫領空。外獨奇摩長直入，中時聯合苦寒風。用兵求勝非求戰，守國應知敵所攻。民主坦途騎木馬，江山易幟夢酣中。

——二〇〇三．一一．二一

總統大選三黨提名候選人有感

七言律詩

堯舜稱尊古聖賢，傳承帝鼎德為先。千年世襲爭皇位，四海翻騰困禍延。民主官家從選舉，巧言官家攬其權。東宮諸子多私昧，國祚飄搖夜不眠。

——二〇〇三．一二．一

感時

五言絕句

山姆慶無憂，海珊作楚囚，賓拉登未獲，烽火幾時休？

——二〇〇三・一二・一五

感時

五言律詩

美名摧暴政，從實欲膏油。伊國瀰烽火，海珊作楚囚。
烝民號泣血，山姆慶除憂。兩教仇無解，雙星幾度秋？

——二〇〇三・一二・一七

觀選舉

七言絕句

三代公侯百代錢，生財何道問長天。今非昨是人猶信，社稷飄搖豈足憐。

——二〇〇三・一二・二二

無題

七言絕句

口誦彌陀握屠刀，糾夫問話笑君勞。蒼生已誤誰能識？六尺僧衣品自高。

——二〇〇四・一・七

歌仔戲

五言絕句

廟前棚下戲，老少十人多。旁稚猶詢父，緣何日試磨？

——二〇〇四・一・一一

大選（一）

五言絕句

大選恨憎明，朋親反目輕。翰林猶計問，閣下屬何營？

——二〇〇四・一・一七

大選（二）

五言絕句

庭前世上英，藍綠渭涇明。多少朝綱紀，糾夫坐問京。

——二〇〇四・一・一七

大選（三）

五言絕句

聖代直臣迎，昏朝巧佞鳴。傳媒頻伐異，御史亦交兵。

——二〇〇四・一・一七

世界公民詠

七言絕句

四海一家豈越吳？九州塗炭為稱孤。經流網路原無界，愛國何如酒一壺？

——二〇〇四．一．二五

大選

七言絕句

歲暮春來又歲新，從來政客豈當真？可憐黔首痴心待，只等陶朱白頭人。

——二〇〇四．一．三一

感時

七言絕句

社稷飄搖如亂絲，鄉關擂鼓久留茲。騷風又植三莖白，歲暮寒潮夜雨時。

——二〇〇四．二．一一

滿江紅 福爾摩沙

宋詞

福爾摩沙，從來是、兵家必搶。攤圖看、大洋西際，亞洲東港。荷鄭交侵逢占訪，日清經略添蒸享。嘆斯民、良善若羔羊，徒迷惘。　倭人去，仍來蔣。寒流過，偏濤浪。惜八成錢賦，只供軍餉。消滅暴秦音餘盪，和平統一言新釀。問風神、何日散烏雲，功無量。

——二〇〇四・二・二一

感時 峽雲

七言絕句

峽雲一片出關山，何事飄零人世間。誰教青天無色染，不堪黔首苦愁顏。

——二〇〇四・三・七

大選前夕

七言絕句

舉世淘淘宜醉酒，霞昏溶溶半江紅。重溫通鑑孤燈夜，長嘆悲歡今古同。

——二〇〇四・三・一〇

孤鴉

七言絕句

夜幕佳賓臨草堂，寂天人笑柳顛狂。山河月落烏雲夜，孤鴉啼樹自獨樑。

——二〇〇四・三・一八

大選

五言絕句

連綿陰四載，宋玉屈原悲。合縱蘇秦計，輸贏造化為。

——二〇〇四・三・二八

有感閣員下台未先告知

七言絕句

漢王輕騎取咸陽，馬上弦弓苦未長。定禮官儀千載治，綠羅新婦待梳妝。

——二〇〇四・四・二九

大選訴訟

七言絕句

日暮青衿世道夷，肩承大義嘆乖離。是非三寸乾坤倒，黑白袍飛酬酒旗。

——二〇〇四・五・一二

大選後

七言絕句

風雷戰鼓漫霜天，凱達道前人萬千。四載汨羅濤浪滾，萬腔熱血碧雲煙。

——二〇〇四・五・一五

寄情

七言絕句

曲臂橫天枕玉山，岫雲出峽不知還。乾坤浩瀚思空盡，為喚春風渡故關。

——二〇〇四・五・二一

弔屈原

七言絕句

沉江懷石節天高，滾滾汨羅空浪濤。舉世淘淘醨滿啜，猶聞孤島賦離騷。

——二〇〇四・六・二三

無題

七言絕句

蓬舟俯眺似波搖，空綠山頭雪未消。北望藍天雖掩映，螺溪南面領風騷。

——二〇〇四・六・二八

感時 國親人才

七言絕句

大江東去去不回，三月雲開聞響雷。借問蘭舟何事泊？前流危石已生苔。

——二〇〇四・七・一二

感時

七言絕句

三月忽聞萬鼓音，東風吹綠欲迎賓。蓬萊樓築堪高閣，莫嘆西邊有惡鄰。

——二〇〇四・七・一四

大選訴訟

七言絕句

黑白袍飛意氣昂，分明正義定天常。可憐鑣局添鑣客，十載寒窗作護莊。

——二〇〇四・七・二三

感時

七言絕句

滾滾逆流如瀑泉，匹夫無力可回天。隨波拍浪乘桴去，怒海滄桑醉得仙。

——二〇〇四・七・二四

網路論戰

七言律詩

網路絲流看大千，門庭未步曉雲天。坐論統獨擬兵甲，箸計安危赴戍邊。青史千年長月旦，浮生半日竟流傳。平居寂寞孤窗冷，萬里相思一線牽。

——二〇〇四・七・二五

有關中共犯台民意調查

七言絕句

肝膽舟橫黑水溝，笑看濤浪拍天流。可憐豪氣兒孫盡，對泣新亭旦夕憂。

——二〇〇四・七・二七

兩岸風雲

七言律詩

無風掀動滄浪水，山澗孽龍強出圍。一片夕陽和血落，三邊村樹亂鴦飛。持盈保泰成天道，兼愛非攻息是非。典範哲人傷逝遠，徒留後世夢餘輝。

——二〇〇四・七・三〇

聞終結連宋有感

七言律詩

三月螺溪向西流，中山王氣黯然收。敗軍顏厚皆開釋，勝者傷輕獲罪尤。
迢遞春風吹綠野，依然危石扼蘭舟。大江淘盡滄浪水，幾度斜陽幾度秋。

——二〇〇四・八・三

感時

七言絕句

武嚇文攻朝夕頻，沉吟無語話居鄰。可憐山澗愚頑石，空佇江流日日新。

——二〇〇四・八・四

無題

七言律詩

秋江浮影月輕愁，萬載清光萬載憂。太學胸羅皆博識，廟堂德業未精修。
徘徊宦海台途客，衣冠人間楚沐猴。坐看拍天濤浪滾，茫茫滄海萬歸流。

——二〇〇四・八・七

感時

七言律詩

天涯月落未啼烏，鶯燕狐狼滿帝都。謀國諫諍懷昔有，安危開濟嘆今無。
漫天指議隨吾願，一婦當關抵萬夫。誰與東風吹玉殿，廟堂堆盡斗明珠。

——二〇〇四・八・七

如夢令 河觴

宋詞

常記籠煙村護，澄水晴春堪賦。群稚逐波流，雲碧悠悠翔鷺。難駐，難駐，佳景不堪回顧。
往昔朝臣多誤，空落山川垂暮。舉國競多金，平野荒郊無樹。低訴，低訴，傾雨斷腸歸路。

——二〇〇四・九・一

聞東南亞六國海嘯有感

七言絕句

海嘯滔天萬里流，家園多少似行舟。少年未歷風霜事，樓墜袍裘為愛酬。

——二〇〇五・一・四

菩薩蠻 夏雨

宋詞

嘉南阡陌滄浪水，中間多少辛酸淚。極目望家園，淒涼魂夢間。　初晴緣底事，蝶鬥翻伸翅。雙燕舞飛花，囪煙無數家。

——二〇〇五．六．一九

今之柏拉圖

七言絕句

釁宮車斗盡明珠，龍鳳瓊姿百世無。月旦賢才千載後，台灣孰是柏拉圖？

——二〇〇五．一〇．二五

拿破崙、摩西與耶穌

七言絕句

杖揮紅海大江橫，寂寞耶穌赴聖城。借問拿翁今在否？鵬飛羽翼蔽鄉生。

——二〇〇六．三．五

夜思

五言絕句

三更讀舊箋，故國益紛然。明月當應解，情多不得眠。

——二〇〇六．八．二〇

感時

七言絕句

福爾摩沙滄海東，今年不復往年同。安期料是雲遊去，紫陌郊原盡北風。

——二〇〇六．八．二七

感時

七言絕句

風颱九月黯雲天，反腐興師凱道前。阿扁垂憐恩賜重，黃花政客作時賢。

——二〇〇六・九・一七

感時

七言絕句

月旦當朝坐北堂，只因國有法三章。勸君今日多憐取，亂世淒涼枕露霜。

——二〇〇六・九・一八

感時

七言絕句

一片烏雲紫陌間，秋風蕭瑟苦愁顏。東宮太子無輕重，帝鼎千鈞作等閒。

——二〇〇六・九・二一

釵頭鳳 感時

宋詞

無心柳，黃金酒，一場春夢難回首。今非昨，人涼薄。長嗟疏醉，萬夫阡陌。錯！錯！錯！

三更漏，聲窗透，滿城皆見紅衫袖。商零落，民難託。京安何在？國傷飄泊。莫！莫！莫！

——二〇〇六．一〇．一六

永遠的李遠哲

七言絕句

謗怨千鈞未斂眉，不辭故里負秋悲。江河萬古東流去，日月星輝載筆隨。

——二〇〇六．一〇．二〇

馬市長捐出一五〇〇元特別費

七言絕句

長嗟六載醉相尤，藍綠交兵未肯休。將帥衝鋒齊落馬，典章制度有誰修？

——二〇〇六・一一・二〇

別了，民生報

七言絕句

忽聞庭樹不蟬鳴，涼葉蕭蕭暮雨聲。長伴晨昏三十載，只今無語送君行。

——二〇〇六・一二・一

司法英雄

七言絕句

金殿老僧心豁開，不堪寂寞坐蓮台。閒餘迷上包公戲，司法英雄入夢來。

——二〇〇六・一二・二五

聞政府標售土地

七言絕句

處處雲坑已近年，隆隆機響震長天。憐渠歲重嫌租少，無計持家賣祖田。

——二〇〇七・一・八

專業與立場

七言絕句

萍水相逢酒肆中，娥眉論策愧三公。緣何當道皆牛李，誰為蒼生心力窮？

——二〇〇七・一・三一

讀書

五言絕句

七尺賤微軀，讀書逢治愚。尤應通世史，定國理邦須。

——二〇〇七・二・二

姑息

七言絕句

紅塵多染命鴻毛，淨土迢迢天界高。料得世人非在意，素娘井內產仙桃。

——二〇〇七・四・三

感時

七言絕句

相國崇高近九天，千鈞帝鼎落誰肩？當年回首來時路，退後由來是向前。

——二〇〇七・四・二二

風靡宮廷戲

七言絕句

劫掠風華萬里煙，秦皇漢武戲連綿。中東烽火何須問？飛燕虞姬最可憐。

——二〇〇七・五・二〇

以色列與台灣

七言絕句

春去留春不盡觴，人間何處問斜陽？古來多少風流客，紫陌長楊道晚涼。

——二〇〇七．九．五

立委減半的隱憂

七言絕句

議事廳堂不見公，喪婚喜慶話拳中。明年孰是黎民舌？美酒銜杯決勝雄。

——二〇〇七．九．一五

民主與開明專制

七言絕句

莽莽神州疏與親，三千豪富億艱辛。相公俸少何須意？釵飾尋常百萬銀。

——二〇〇七．一一．四

中正紀念堂拆牌衝突有感

七言絕句

亡秦滅共已雲煙，猶憶人頭落萬千。今日惟餘和議者，廣場痛哭伏碑前。

——二〇〇七．一二．八

尋找中國的自然法原則

七言絕句

昔日霍君曾問天，千古不易法存焉。緣何華夏尋無著，飽讀詩書愧聖賢。

——二〇〇七．一二．二九

註

霍君即法學家霍布斯。

東方的康德

七言絕句

孔聖人云百世賢，半緣為學似深淵。萬川納海奔流下，天旱涓涓迴上田。

——二〇〇七・一二・三〇

馬英九告侯寬仁有感

七言絕句

東宮訟案重千鈞，私庫無端公使銀。思爾今朝追檢座，戒嚴冤獄向誰伸？

——二〇〇八・一・六

憶江南 立法院大選

宋詞

千萬緒，窗外雨潺潺。朝日偶然酬地綠，東風何復倚天藍？昨夜獨欄干。

——二〇〇八・一・一三

幸福來自智慧和教養

七言絕句

逐鹿天街萬歲山，陶朱欲引入東闗。帝京高廈千千萬，豈獨寒門不得攀？

——二〇〇八．一．二六

時局雜感

七言絕句

莽莽政壇皆欲狂，幾人蘊蓄蔭甘棠？大江逝水淘淘盡，百年如幻跡形忘。

——二〇〇八．二．一七

二〇〇八年公投

七言絕句

孤雁離群久已矣，海天雖闊屢遭欺。二千萬眾今流落，未信人間棄若離。

——二〇〇八．三．二一

女人誤國乎

七言絕句

三從四德古倫常，裙釵不入議廟堂。今日乾坤顛倒轉，江山易鼎問紅妝。

——二〇〇八・三・二九

寫部落格（一）

七言絕句

文章詩酒趁流年，今日忽成四百篇。但得蓬門無俗客，為君輕撚伯牙絃。

——二〇〇八・三・三〇

寫部落格（二）

七言絕句

銀鏡終端千古心，天涯連線繫知音。想來應怪儒經誤，一念痴迷直至今。

——二〇〇八・四・三

向張婉寧檢察官致敬

七言絕句

呼風喚雨議前庭，健保無如遇婉寧。骰落三翻千萬易，最須牢所誦心經。

——二〇〇八・四・一一

醉垂鞭 感時

宋詞

三徑月初明，牆東靜，人疏影。一刹綠波生，林邊鳳簫鳴。

此生情未竟，空思省，待還京。寶劍會群英，沙場秋點兵。

——二〇〇八・四・二〇

川賑

七言絕句

神州佛願欲隨風，那得布施三體空？法鼓中台靈鷲寺，川災今日決雌雄。

——二〇〇八．五．二〇

慈濟川賑

五言絕句

疾風侵緬甸，未及見如來。川震傳媒重，心中自卓裁。

——二〇〇八．五．二〇

感時

七言絕句

凱達湖中一釣人，浮沉八載欲抽身。昨宵風雨今猶見，凱達湖中一釣人。

——二〇〇八・五・二〇

杏花天　感時

宋詞

寒鴉絮噪難清睡，一陣鼓、夢如流水。都云明日春明媚，漫雨絲、天花亂墜。故鄉一向多情味，儘零落、悄然無悔。煙重日暮人憔悴，今共誰、疏狂一醉？

——二〇〇八・五・二五

釣魚台爭議有感

七言絕句

阿貴留名百世賢，魯君百載尚依然。三公廟議封疆計，繞島一周宣主權。

——二〇〇八・六・一六

中興樂　感時

宋詞

淡水悠悠流水新，藍天暗換星分。驟輕馬，驚詫，夢中春。　王孫玉珮初征跨，銀鉤把，釣台催駕。誰怕？繞島行巡。

——二〇〇八・六・一九

再談馬英九的支持度

七言絕句

空轉三年御史台，一心只盼聖人來。聖人明斷前朝誤，今殿群臣盡聖才。

——二〇〇八・七・八

分藍綠還是分是非

七言絕句

台灣之子已非真，海外來回六億銀。昔日驕汝三級戶，今朝嗟爾負心人。

——二〇〇八・八・一六

觀八三〇遊行有感

七言絕句

蕭條景氣市嚴寒，百物齊飛生計難。三十萬人齊怒吼，連爺賀壽正杯歡。

——二〇〇八・八・三一

如夢令

宋詞

九月風颱呼吼，狂葉飛花虛牖。今夜是中秋，明歲可堪樽酒？楊柳，楊柳，嗟爾細嬌清瘦。

——二〇〇八．九．一三

如夢令

宋詞

三月村前沽酒，九月不堪回首。十萬庫錢飛，只為連爺添壽。阿九，阿九，七百萬人枯守。

——二〇〇八．九．一三

無題

五言絕句

風颱九月天，明月夢中緣。昔說蓬萊國，今逢馬蓋仙。

——二〇〇八・九・一三

罣礙

五言絕句

名利兩非親，秋愁近日頻。無求何罣礙，時局最傷神。

——二〇〇八・九・一六

如夢令

宋詞

辛樂雨風雷電，土石洪流迎面。橋斷杳人蹤，淚濺萬家深院。莫管，莫管，且看曼魚千轉。

——二〇〇八．九．一九

如夢令

宋詞

三月十分春意，九月八分秋氣。無緒挽東風，春駐蓬萊無計。迢遞，迢遞，銀漢迢迢天際。

——二〇〇八．九．二三

江亭怨

宋詞

遊子孤鄉萬里，萍水結成連理。無意醉漣漪，一陣風雲乍起。

馬后絹衣百藝，川震輸銀天際。朝政亂如麻，驀見攜童山裏。

——二〇〇八・九・二七

珍珠令

宋詞

藍天綠地何分曉？情多少，議世事，衷心難表。因甚不衷心？甚衷心恁惱。　半世儒冠空攪擾，待留與、晚風知道。知道，似曲散雲間，霜音縹緲。

——二〇〇八・一〇・一一

應天長　歐陽修調

宋詞

一鉤初月春心透，寂寞紅粧牆柳瘦。紅酥手，黃縢酒，初試郎情緣意否？
圓山催曉漏，酒店三更人候。百合睽違已久，庭池春水皺。

——二〇〇八·一一·九

阿扁魔咒

七言絕句

叱咤風雲日斗金，嗟君渾忘昔悲辛。土城半載何須恨？綠島孤燈獨夜人。

——二〇〇九·五·一一

感時

七言絕句

土城半載臉如金，美島風雲未歷辛。多少前賢期盼日，陶然官邸亂迎人。

——二〇〇九・五・一二

五一七遊行的一些思索

七言絕句

九重玉旨出天京，昭告肅貪雷厲行。念爾阿標情義重，錦袍紫綬眾相迎。

——二〇〇九・五・一九

感懷

七言絕句

長羨天都有品居，重樓雲殿臥清虛。人生欲問何公道？聖眷隆恩富有餘。

——二〇〇九・六・二六

如夢令 中秋感時

宋詞

去歲中秋月斂，今夜嬋娟雲掩。祈禱雨來時，莫再洪災年歉。思念，思念，昔日月明花艷。

——二〇〇九・一〇・三

八田與一銅像被斷頭有感

七言絕句

引圳成湖鑿大山，終生奉獻為台灣。幽魂一縷長相伴，驀見斷頭黯淚潸。

——二〇一七・三

悼武漢肺炎先知李文亮醫師

七言絕句

武漢肺炎莫可施，誡書一紙憶先知。誰憐十億生民苦？舉國同聲黨是師。

——二〇二〇・二・八

武漢肺炎事件有感（一）

七言律詩

一聲市令限時收，五百萬人流九洲。嘗獸嘗禽思野味，封城封省誤全球。明醫示警尋書誡，援物中留莫罪尤。盛世大唐強國夢，天心大道獨悠悠。

——二〇二〇・二・九

武漢肺炎事件有感（二）

七言律詩

月暈礎潤豈無因？武漢肺炎異事頻。曾欲香江齊脫罩，卻邀華夏盡封唇。
從來疫難招援國，猶見軍機脅近鄰。天道人間由果報，春花染盡墮風塵。

——二〇二〇．二．一一

聞罷韓民調

七言律詩

浪捲韓流誰與妍？韓公欲上九重天。德才未配難登位，誠信皆無豈得賢？
失鼎應知非智取，落城半是勢當然。一生精彩足回味，瀟灑辭歸酒半仙。

——二〇二〇．二．一二

武漢肺炎事件有感（三）

七言律詩

肺炎海嘯際天流，襲捲全球六大洲。通鑑千年風雨國，蓬萊七十太平舟。
蕭條市井無常客，寂寞寒光鎖病樓。防疫干戈嚴陣列，商人兩岸往來遊。

——二〇二〇·二·一七

武漢肺炎事件有感（四）

五言律詩

病毒箭在弦，干戈遍雲天。美國皆淪陷，歐洲已盪然。
日韓徒患竄，華夏復工延。何日能綏靖？全球共細研。

——二〇二〇·三·一五

悼李登輝先生

七言律詩

百歲匆匆似眼前，今宵一覺已長眠。未知經國何傳缽，只記台灣欲見天。
終結威權輕逐步，馳驅兩岸重扛肩。一生謗譽憑人說，五指山前未絕絃。

——二〇二〇．七．三〇

聞 SOGO 案形象立委涉收賄

七言絕句

志欲安邦千古題，縱橫政學望風低。欲無止境境無止，財不迷人人自迷。

——二〇二〇．八．六

絲柏客詩詞集

作者：蕭雄淋
主編：曾淑正
企劃：葉玫玉
內頁設計：邱銳致
封面設計：雅堂設計工作室

發行人：王榮文
出版發行：遠流出版事業股份有限公司
地址：台北市南昌路二段八十一號六樓
郵撥：0189456-1
電話：（02）23926899
傳真：（02）23926658

著作權顧問：蕭雄淋律師
二〇二一年一月一日　初版一刷
售價：新台幣一〇〇〇元（精裝）
新台幣四八〇元（平裝）

ISBN 978-957-32-8904-3（平裝）
ISBN 978-957-32-8922-7（精裝）

遠流博識網 http://www.ylib.com
E-mail: ylib@ylib.com

國家圖書館出版品預行編目（CIP）資料

絲柏客詩詞集／蕭雄淋著. -- 初版. --
臺北市：遠流, 2021.1
面； 公分
ISBN 978-957-32-8904-3（平裝）
ISBN 978-957-32-8922-7（精裝）

863.51　　109016808